clarice

lispector

FELICIDADE CLANDESTINA

POSFÁCIO DE
MARINA COLASANTI

ROCCO

A repartição dos pães
82

Uma esperança
86

Macacos
89

Os desastres de Sofia
92

A criada
110

A mensagem
113

Menino a bico de pena
128

Uma história de tanto amor
132

As águas do mundo
136

A quinta história
139

Encarnação involuntária
142

Duas histórias a meu modo
145

O primeiro beijo
148

Posfácio
151

FELICIDADE CLANDESTINA

Ela era gorda, baixa, sardenta e de cabelos excessivamente crespos, meio arruivados. Tinha um busto enorme, enquanto nós todas ainda éramos achatadas. Como se não bastasse, enchia os dois bolsos da blusa, por cima do busto, com balas. Mas possuía o que qualquer criança devoradora de histórias gostaria de ter: um pai dono de livraria.

Pouco aproveitava. E nós menos ainda: até para aniversário, em vez de pelo menos um livrinho barato, ela nos entregava em mãos um cartão-postal da loja do pai. Ainda por cima era de paisagem do Recife mesmo, onde morávamos, com suas pontes mais do que vistas. Atrás escrevia com letra bordadíssima palavras como "data natalícia" e "saudade".

Mas que talento tinha para a crueldade. Ela toda era pura vingança, chupando balas com barulho. Como essa menina devia nos odiar, nós que éramos imperdoavelmente bonitinhas, esguias, altinhas, de cabelos livres. Comigo exerceu com calma ferocidade o seu sadismo. Na minha ânsia de ler, eu nem notava as humilhações a que ela me submetia: continuava a implorar-lhe emprestados os livros que ela não lia.

Até que veio para ela o magno dia de começar a exercer sobre mim uma tortura chinesa. Como casualmente, informou-me que possuía *As reinações de Narizinho*, de Monteiro Lobato.

Era um livro grosso, meu Deus, era um livro para se ficar vivendo com ele, comendo-o, dormindo-o. E completamente acima de minhas posses. Disse-me que eu passasse pela sua casa no dia seguinte e que ela o emprestaria.

Até o dia seguinte eu me transformei na própria esperança da alegria: eu não vivia, eu nadava devagar num mar suave, as ondas me levavam e me traziam.

No dia seguinte fui à sua casa, literalmente correndo. Ela não morava num sobrado como eu, e sim numa casa. Não me mandou entrar. Olhando bem para meus olhos, disse-me que havia emprestado o livro a outra menina, e que eu voltasse no dia seguinte para buscá-lo. Boquiaberta, saí devagar, mas em breve a esperança de novo me tomava toda e eu recomeçava na rua a andar pulando, que era o meu modo estranho de andar pelas ruas de Recife. Dessa vez nem caí: guiava-me a promessa do livro, o dia seguinte viria, os dias seguintes seriam mais tarde a minha vida inteira, o amor pelo mundo me esperava, andei pulando pelas ruas como sempre e não caí nenhuma vez.

Mas não ficou simplesmente nisso. O plano secreto da filha do dono de livraria era tranquilo e diabólico. No dia seguinte lá estava eu à porta de sua casa, com um sorriso e o coração batendo. Para ouvir a resposta calma: o livro ainda não estava em seu poder, que eu voltasse no dia seguinte. Mal sabia eu como mais tarde, no decorrer da vida, o drama do "dia seguinte" com ela ia se repetir com meu coração batendo.

E assim continuou. Quanto tempo? Não sei. Ela sabia que era tempo indefinido, enquanto o fel não escorresse todo de seu corpo grosso. Eu já começara a adivinhar que ela me escolhera para eu sofrer, às vezes adivinho. Mas, adivinhando mesmo, às vezes aceito: como se quem quer me fazer sofrer esteja precisando danadamente que eu sofra.

Quanto tempo? Eu ia diariamente à sua casa, sem faltar um dia sequer. Às vezes ela dizia: pois o livro esteve comigo ontem de tarde, mas você só veio de manhã, de modo que o emprestei a outra menina. E eu, que não era dada a olheiras, sentia as olheiras se cavando sob os meus olhos espantados.

Até que um dia, quando eu estava à porta de sua casa, ouvindo humilde e silenciosa a sua recusa, apareceu sua mãe. Ela devia estar estranhando a aparição muda e diária daquela menina à porta de sua casa. Pediu explicações a nós duas. Houve uma confusão silenciosa, entrecortada de palavras pouco elucidativas. A senhora achava cada vez mais estranho o fato de não estar entendendo. Até que essa mãe boa entendeu. Voltou-se para a filha e com enorme surpresa exclamou: mas este livro nunca saiu daqui de casa e você nem quis ler!

E o pior para essa mulher não era a descoberta do que acontecia. Devia ser a descoberta horrorizada da filha que tinha. Ela nos espiava em silêncio: a potência de perversidade de sua filha desconhecida e a menina loura em pé à porta, exausta, ao vento das ruas de Recife. Foi então que, finalmente se refazendo, disse firme e calma para a filha: você vai emprestar o livro agora mesmo. E para mim: "E você fica com o livro por quanto tempo quiser." Entendem? Valia mais do que me dar o livro: "pelo tempo que eu quisesse" é tudo o que uma pessoa, grande ou pequena, pode ter a ousadia de querer.

Como contar o que se seguiu? Eu estava estonteada, e assim recebi o livro na mão. Acho que eu não disse nada.

Peguei o livro. Não, não saí pulando como sempre. Saí andando bem devagar. Sei que segurava o livro grosso com as duas mãos, comprimindo-o contra o peito. Quanto tempo levei até chegar em casa, também pouco importa. Meu peito estava quente, meu coração pensativo.

Chegando em casa, não comecei a ler. Fingia que não o tinha, só para depois ter o susto de o ter. Horas depois abri-o, li algumas linhas maravilhosas, fechei-o de novo, fui passear pela casa, adiei ainda mais indo comer pão com manteiga, fingi que não sabia onde guardara o livro, achava-o, abria-o por alguns instantes. Criava as mais falsas dificuldades para aquela coisa clandestina que era a felicidade. A felicidade sempre iria ser clandestina para mim. Parece que eu já pressentia. Como demorei! Eu vivia no ar... Havia orgulho e pudor em mim. Eu era uma rainha delicada.

Às vezes sentava-me na rede, balançando-me com o livro aberto no colo, sem tocá-lo, em êxtase puríssimo.

Não era mais uma menina com um livro: era uma mulher com o seu amante.

UMA AMIZADE SINCERA

Não é que fôssemos amigos de longa data. Conhecemo-nos apenas no último ano da escola. Desde esse momento estávamos juntos a qualquer hora. Há tanto tempo precisávamos de um amigo que nada havia que não confiássemos um ao outro. Chegamos a um ponto de amizade que não podíamos mais guardar um pensamento: um telefonava logo ao outro, marcando encontro imediato. Depois da conversa, sentíamo-nos tão contentes como se nos tivéssemos presenteado a nós mesmos. Esse estado de comunicação contínua chegou a tal exaltação que, no dia em que nada tínhamos a nos confiar, procurávamos com alguma aflição um assunto. Só que o assunto havia de ser grave, pois em qualquer um não caberia a veemência de uma sinceridade pela primeira vez experimentada.

Já nesse tempo apareceram os primeiros sinais de perturbação entre nós. Às vezes um telefonava, encontrávamo-nos, e nada tínhamos a nos dizer. Éramos muito jovens e não sabíamos ficar calados. De início, quando começou a faltar assunto, tentamos comentar as pessoas. Mas bem sabíamos que já estávamos adulterando o núcleo da amizade. Tentar falar sobre nossas mútuas namoradas também estava fora de cogitação, pois um homem não falava de seus amores. Experimentamos ficar calados – mas tornávamo-nos inquietos logo depois de nos separarmos.

Minha solidão, na volta de tais encontros, era grande e árida. Cheguei a ler livros apenas para poder falar deles. Mas uma amizade sincera queria a sinceridade mais pura. À procura desta, eu começava a me sentir vazio. Nossos encontros eram cada vez mais decepcionantes. Minha sincera pobreza revelava-se aos poucos. Também ele, eu sabia, chegara ao impasse de si mesmo.

Foi quando, tendo minha família se mudado para São Paulo, e ele morando sozinho, pois sua família era do Piauí, foi quando o convidei a morar em nosso apartamento, que ficara sob a minha guarda. Que rebuliço de alma. Radiantes, arrumávamos nossos livros e discos, preparávamos um ambiente perfeito para a amizade. Depois de tudo pronto – eis-nos dentro de casa, de braços abanando, mudos, cheios apenas de amizade.

Queríamos tanto salvar o outro. Amizade é matéria de salvação.

Mas todos os problemas já tinham sido tocados, todas as possibilidades estudadas. Tínhamos apenas essa coisa que havíamos procurado sedentos até então e enfim encontrado: uma amizade sincera. Único modo, sabíamos, e com que amargor sabíamos, de sair da solidão que um espírito tem no corpo.

Mas como se nos revelava sintética a amizade. Como se quiséssemos espalhar em longo discurso um truísmo que uma palavra esgotaria. Nossa amizade era tão insolúvel como a soma de dois números: inútil querer desenvolver para mais de um momento a certeza de que dois e três são cinco.

Tentamos organizar algumas farras no apartamento, mas não só os vizinhos reclamaram como não adiantou.

Se ao menos pudéssemos prestar favores um ao outro. Mas nem havia oportunidade, nem acreditávamos em provas de uma amizade que delas não precisava. O mais que podíamos fazer era o que fazíamos: saber que éramos amigos. O que não bastava para encher os dias, sobretudo as longas férias.

Data dessas férias o começo da verdadeira aflição.

Ele, a quem eu nada podia dar senão minha sinceridade, ele passou a ser uma acusação de minha pobreza. Além do mais, a solidão de um ao lado do outro, ouvindo música ou lendo, era muito maior do que quando estávamos sozinhos. E, mais que maior, incômoda. Não havia paz. Indo depois cada um para seu quarto, com alívio nem nos olhávamos.

É verdade que houve uma pausa no curso das coisas, uma trégua que nos deu mais esperanças do que em realidade caberia. Foi quando meu amigo teve uma pequena questão com a Prefeitura. Não é que fosse grave, mas nós a tornamos para melhor usá-la. Porque então já tínhamos caído na facilidade de prestar favores. Andei entusiasmado pelos escritórios dos conhecidos de minha família, arranjando pistolões para meu amigo. E quando começou a fase de selar papéis, corri por toda a cidade – posso dizer em consciência que não houve firma que se reconhecesse sem ser através de minha mão.

Nessa época encontrávamo-nos de noite em casa, exaustos e animados: contávamos as façanhas do dia, planejávamos os ataques seguintes. Não aprofundávamos muito o que estava sucedendo, bastava que tudo isso tivesse o cunho da amizade. Pensei compreender por que os noivos se presenteiam, por que o marido faz questão de dar conforto à esposa, e esta prepara-lhe afanada o alimento, por que a mãe exagera nos cuidados ao filho. Foi, aliás, nesse período que, com algum sacrifício, dei um pequeno broche de ouro àquela que é hoje minha mulher. Só muito depois eu ia compreender que estar também é dar.

Encerrada a questão com a Prefeitura – seja dito de passagem, com vitória nossa – continuamos um ao lado do outro, sem encontrar aquela palavra que cederia a alma. Cederia a alma? mas afinal de contas quem queria ceder a alma? Ora essa.

Afinal o que queríamos? Nada. Estávamos fatigados, desiludidos.

A pretexto de férias com minha família, separamo-nos. Aliás ele também ia ao Piauí. Um aperto de mão comovido foi o nosso adeus no aeroporto. Sabíamos que não nos veríamos mais, senão por acaso. Mais que isso: que não queríamos nos rever. E sabíamos também que éramos amigos. Amigos sinceros.

MIOPIA PROGRESSIVA

Se era inteligente, não sabia. Ser ou não inteligente dependia da instabilidade dos outros. Às vezes o que ele dizia despertava de repente nos adultos um olhar satisfeito e astuto. Satisfeito, por guardarem em segredo o fato de acharem-no inteligente e não o mimarem; astuto, por participarem mais do que ele próprio daquilo que ele dissera. Assim, pois, quando era considerado inteligente, tinha ao mesmo tempo a inquieta sensação de inconsciência: alguma coisa lhe havia escapado. A chave de sua inteligência também lhe escapava. Pois às vezes, procurando imitar a si mesmo, dizia coisas que iriam certamente provocar de novo o rápido movimento no tabuleiro de damas, pois era esta a impressão de mecanismo automático que ele tinha dos membros de sua família: ao dizer alguma coisa inteligente, cada adulto olharia rapidamente o outro, com um sorriso claramente suprimido dos lábios, um sorriso apenas indicado com os olhos, "como nós sorriríamos agora, se não fôssemos bons educadores" – e, como numa quadrilha de dança de filme de faroeste, cada um teria de algum modo trocado de par e lugar. Em suma, eles se entendiam, os membros de sua família; e entendiam-se à sua custa. Fora de se entenderem à sua custa, desentendiam-se permanentemente, mas como nova forma de dançar uma quadrilha: mesmo quando se desentendiam, sentia que eles estavam submissos às regras de um jogo, como se tivessem concordado em se desentenderem.

Às vezes, pois, ele tentava reproduzir suas próprias frases de sucesso, as que haviam provocado movimento no tabuleiro de damas. Não era propriamente para reproduzir o sucesso passado, nem propriamente para provocar o movimento mudo da família. Mas para tentar apoderar-se da chave de sua "inteligência". Na tentativa de descoberta de leis e causas, porém, falhava. E, ao repetir uma frase de sucesso, dessa vez era recebido pela distração dos outros. Com os olhos pestanejando de curiosidade, no começo de sua miopia, ele se indagava por que uma vez conseguia mover a família, e outra vez não. Sua inteligência era julgada pela falta de disciplina alheia?

Mais tarde, quando substituiu a instabilidade dos outros pela própria, entrou por um estado de instabilidade consciente. Quando homem, manteve o hábito de pestanejar de repente ao próprio pensamento, ao mesmo tempo que franzia o nariz, o que deslocava os óculos – exprimindo com esse cacoete uma tentativa de substituir o julgamento alheio pelo próprio, numa tentativa de aprofundar a própria perplexidade. Mas era um menino com capacidade de estática: sempre fora capaz de manter a perplexidade como perplexidade, sem que ela se transformasse em outro sentimento.

Que a sua própria chave não estava com ele, a isso ainda menino habituou-se a saber, e dava piscadelas que, ao franzirem o nariz, deslocavam os óculos. E que a chave não estava com ninguém, isso ele foi aos poucos adivinhando sem nenhuma desilusão, sua tranquila miopia exigindo lentes cada vez mais fortes.

Por estranho que parecesse, foi exatamente por intermédio desse estado de permanente incerteza e por intermédio da prematura aceitação de que a chave não está com ninguém – foi através disso tudo que ele foi crescendo normalmente, e vivendo em serena curiosidade. Paciente e curioso. Um pouco nervoso, diziam, referindo-se ao tique dos óculos. Mas "nervoso" era o nome que a família estava dando à instabilidade de julgamento da própria família. Outro nome que a instabilidade dos adultos lhe dava era o de "bem-comportado", de "dócil". Dando assim um nome não ao que ele era, mas à necessidade variável dos momentos.

Uma vez ou outra, na sua extraordinária calma de óculos, acontecia dentro dele algo brilhante e um pouco convulsivo como uma inspiração.

Foi, por exemplo, quando lhe disseram que daí a uma semana ele iria passar um dia inteiro na casa de uma prima. Essa prima era casada, não tinha filhos e adorava crianças. "Dia inteiro" incluía almoço, merenda, jantar, e voltar quase adormecido para casa. E quanto à prima, a prima significava amor extra, com suas inesperadas vantagens e uma incalculável pressurosidade – e tudo isso daria margem a que pedidos extraordinários fossem atendidos. Na casa dela, tudo aquilo que ele era teria por um dia inteiro um valor garantido. Ali o amor, mais facilmente estável de apenas um dia, não daria oportunidade a instabilidades de julgamento: durante um dia inteiro, ele seria julgado o mesmo menino.

Na semana que precedeu "o dia inteiro", começou por tentar decidir se seria ou não natural com a prima. Procurava decidir se logo de entrada diria alguma coisa inteligente – o que resultaria que durante o dia inteiro ele seria julgado como inteligente. Ou se faria, logo de entrada, algo que ela julgasse "bem-comportado", o que faria com que durante o dia inteiro ele seria o bem-comportado. Ter a possibilidade de escolher o que seria, e pela primeira vez por um longo dia, fazia-o endireitar os óculos a cada instante.

Aos poucos, durante a semana precedente, o círculo de possibilidades foi se alargando. E, com a capacidade que tinha de suportar a confusão – ele era minucioso e calmo em relação à confusão – terminou descobrindo que até poderia arbitrariamente decidir ser por um dia inteiro um palhaço, por exemplo. Ou que poderia passar esse dia de um modo bem triste, se assim resolvesse. O que o tranquilizava era saber que a prima, com seu amor sem filhos e sobretudo com a falta de prática de lidar com crianças, aceitaria o modo que ele decidisse de como ela o julgaria. Outra coisa que o ajudava era saber que nada do que ele fosse durante aquele dia iria realmente alterá-lo. Pois prematuramente – tratava-se de criança precoce – era superior à instabilidade alheia e à própria instabilidade. De algum modo pairava acima da própria miopia e da dos outros. O que lhe dava muita liberdade. Às vezes apenas a liberdade de uma incredulidade tranquila. Mesmo quando se tornou homem, com lentes espessíssimas, nunca chegou a tomar consciência dessa espécie de superioridade que tinha sobre si mesmo.

A semana precedente à visita à prima foi de antecipação contínua. Às vezes seu estômago se apertava apreensivo: é que naquela casa sem meninos ele estaria totalmente à mercê do amor sem seleção de uma mulher. "Amor sem seleção" representava uma estabilidade ameaçadora: seria permanente, e na certa resultaria num único modo de julgar, e isso era a estabilidade. A estabilidade, já então, significava para ele um perigo: se os outros errassem no primeiro passo da estabilidade, o erro se tornaria permanente, sem a vantagem da instabilidade, que é a de uma correção possível.

Outra coisa que o preocupava de antemão era o que faria o dia inteiro na casa da prima, além de comer e ser amado. Bem, sempre haveria a solução de poder de vez em quando ir ao banheiro, o que faria o tempo passar mais depressa. Mas, com a prática de ser amado, já de antemão o constrangia que a prima, uma estranha para ele, encarasse com infinito carinho as suas idas ao banheiro. De um modo geral o mecanismo de sua vida se tornara motivo de ternura. Bem, era também verdade que, quanto a ir ao banheiro, a solução podia ser a de não ir nenhuma vez ao banheiro. Mas não só seria, durante um dia inteiro, irrealizável como – como ele não queria ser julgado "um menino que não vai ao banheiro" – isso também não apresentava vantagem. Sua prima, estabilizada pela permanente vontade de ter filhos, teria, na não ida ao banheiro, uma pista falsa de grande amor.

Durante a semana que precedeu "o dia inteiro", não é que ele sofresse com as próprias tergiversações. Pois o passo que muitos não chegam a dar ele já havia dado: aceitara a incerteza, e lidava com os componentes da incerteza com uma concentração de quem examina através das lentes de um microscópio.

À medida que, durante a semana, as inspirações ligeiramente convulsivas se sucediam, elas foram gradualmente mudando de nível. Abandonou o problema de decidir que elementos daria à prima para que ela por sua vez lhe desse temporariamente a certeza de "quem ele era". Abandonou essas cogitações e passou a previamente querer decidir sobre o cheiro da casa da prima, sobre o tamanho do pequeno quintal onde brincaria, sobre as gavetas que abriria enquanto ela não visse. E finalmente entrou no campo da prima propriamente dita. De que modo devia encarar o amor que a prima tinha por ele?

No entanto, negligenciara um detalhe: a prima tinha um dente de ouro, do lado esquerdo.

E foi isso – ao finalmente entrar na casa da prima – foi isso que num só instante desequilibrou toda a construção antecipada.

O resto do dia poderia ter sido chamado de horrível, se o menino tivesse a tendência de pôr as coisas em termos de horrível ou não horrível. Ou poderia se chamar de "deslumbrante", se ele fosse daqueles que esperam que as coisas o sejam ou não.

Houve o dente de ouro, com o qual ele não havia contado. Mas, com a segurança que ele encontrava na ideia de uma imprevisibilidade permanente, tanto que até usava óculos, não se tornou inseguro pelo fato de encontrar logo de início algo com que não contara.

Em seguida a surpresa do amor da prima. É que o amor da prima não começou por ser evidente, ao contrário do que ele imaginara. Ela o recebera com uma naturalidade que inicialmente o insultara, mas logo depois não o insultara mais. Ela foi logo dizendo que ia arrumar a casa que ele podia ir brincando. O que deu ao menino, assim de chofre, um dia inteiro vazio e cheio de sol.

Lá pelas tantas, limpando os óculos, tentou, embora com certa isenção, o golpe da inteligência e fez uma observação sobre as plantas do quintal. Pois quando ele dizia alto uma observação, ele era julgado muito observador. Mas sua fria observação sobre as plantas recebeu em resposta um "pois é", entre vassouradas no chão. Então foi ao banheiro onde resolveu que, já que tudo falhara, ele iria brincar de "não ser julgado": por um dia inteiro ele não seria nada, simplesmente não seria. E abriu a porta num safanão de liberdade.

Mas à medida que o sol subia, a pressão delicada do amor da prima foi se fazendo sentir. E quando ele se deu conta, era um amado. Na hora do almoço, a comida foi puro amor errado e estável: sob os olhos ternos da prima, ele se adaptou com curiosidade ao gosto estranho daquela comida, talvez marca de azeite diferente, adaptou-se ao amor de uma mulher, amor novo que não parecia com o amor dos outros adultos: era um amor pedindo realização, pois faltava à prima a gravidez, que já é em si um amor materno realizado. Mas era um amor sem a prévia gravidez. Era um amor pedindo, *a posteriori*, a concepção. Enfim, o amor impossível.

O dia inteiro o amor exigindo um passado que redimisse o presente e o futuro. O dia inteiro, sem uma palavra, ela exigindo dele que ele tivesse nascido no ventre dela. A prima não queria nada dele, senão isso. Ela queria do menino de óculos que ela não fosse uma mulher sem filhos. Nesse dia, pois, ele conheceu uma das raras formas de estabilidade: a estabilidade do desejo irrealizável. A estabilidade do ideal inatingível. Pela primeira vez, ele, que era um ser votado à moderação, pela primeira vez sentiu-se atraído pelo imoderado: atração pelo extremo impossível. Numa palavra, pelo impossível. E pela primeira vez teve então amor pela paixão.

E foi como se a miopia passasse e ele visse claramente o mundo. O relance mais profundo e simples que teve da espécie de universo em que vivia e onde viveria. Não um relance de pensamento. Foi apenas como se ele tivesse tirado os óculos, e a miopia mesmo é que o fizesse enxergar. Talvez tenha sido a partir de então que pegou um hábito para o resto da vida: cada vez que a confusão aumentava e ele enxergava pouco, tirava os óculos sob o pretexto de limpá-los e, sem óculos, fitava o interlocutor com uma fixidez reverberada de cego.

RESTOS DO CARNAVAL

Não, não deste último carnaval. Mas não sei por que este me transportou para a minha infância e para as quartas-feiras de cinzas nas ruas mortas onde esvoaçavam despojos de serpentina e confete. Uma ou outra beata com um véu cobrindo a cabeça ia à igreja, atravessando a rua tão extremamente vazia que se segue ao carnaval. Até que viesse o outro ano. E quando a festa ia se aproximando, como explicar a agitação íntima que me tomava? Como se enfim o mundo se abrisse de botão que era em grande rosa escarlate. Como se as ruas e praças do Recife enfim explicassem para que tinham sido feitas. Como se vozes humanas enfim cantassem a capacidade de prazer que era secreta em mim. Carnaval era meu, meu.

No entanto, na realidade, eu dele pouco participava. Nunca tinha ido a um baile infantil, nunca me haviam fantasiado. Em compensação deixavam-me ficar até umas 11 horas da noite à porta do pé de escada do sobrado onde morávamos, olhando ávida os outros se divertirem. Duas coisas preciosas eu ganhava então e economizava-as com avareza para durarem os três dias: um lança-perfume e um saco de confete. Ah, está se tornando difícil escrever. Porque sinto como ficarei de coração escuro ao constatar que, mesmo me agregando tão pouco à alegria, eu era de tal modo sedenta que um quase nada já me tornava uma menina feliz.

E as máscaras? Eu tinha medo mas era um medo vital e necessário porque vinha de encontro à minha mais profunda suspeita de que o rosto humano também fosse uma espécie de máscara. À porta do meu pé de escada, se um mascarado falava comigo, eu de súbito entrava no contato indispensável com o meu mundo interior, que não era feito só de duendes e príncipes encantados, mas de pessoas com o seu mistério. Até meu susto com os mascarados, pois, era essencial para mim.

Não me fantasiavam: no meio das preocupações com minha mãe doente, ninguém em casa tinha cabeça para carnaval de criança. Mas eu pedia a uma de minhas irmãs para enrolar aqueles meus cabelos lisos que me causavam tanto desgosto e tinha então a vaidade de possuir cabelos frisados pelo menos durante três dias por ano. Nesses três dias, ainda, minha irmã acedia ao meu sonho intenso de ser uma moça – eu mal podia esperar pela saída de uma infância vulnerável – e pintava minha boca de batom bem forte, passando também ruge nas minhas faces. Então eu me sentia bonita e feminina, eu escapava da meninice.

Mas houve um carnaval diferente dos outros. Tão milagroso que eu não conseguia acreditar que tanto me fosse dado, eu, que já aprendera a pedir pouco. É que a mãe de uma amiga minha resolvera fantasiar a filha e o nome da fantasia era no figurino *Rosa*. Para isso comprara folhas e folhas de papel crepom cor-de-rosa, com as quais, suponho, pretendia imitar as pétalas de uma flor. Boquiaberta, eu assistia pouco a pouco à fantasia tomando forma e se criando. Embora de pétalas o papel crepom nem de longe lembrasse, eu pensava seriamente que era uma das fantasias mais belas que jamais vira.

Foi quando aconteceu, por simples acaso, o inesperado: sobrou papel crepom, e muito. E a mãe de minha amiga – talvez atendendo a meu apelo mudo, ao meu mudo desespero de inveja, ou talvez por pura bondade, já que sobrara papel – resolveu fazer para mim também uma fantasia de *rosa* com o que restara de material. Naquele carnaval, pois, pela primeira vez na vida eu teria o que sempre quisera: ia ser outra que não eu mesma.

Até os preparativos já me deixavam tonta de felicidade. Nunca me sentira tão ocupada: minuciosamente, minha amiga e eu calculávamos tudo, embaixo da fantasia usaríamos combinação, pois se chovesse e a fantasia se derretesse pelo menos estaríamos de algum modo vestidas – à ideia de uma chuva que de repente nos deixasse, nos nossos pudores femininos de oito anos, de combinação na rua, morríamos previamente de vergonha – mas ah! Deus nos ajudaria! não choveria! Quanto ao fato de minha fantasia só existir por causa das sobras de outra, engoli com alguma dor meu orgulho que sempre fora feroz, e aceitei humilde o que o destino me dava de esmola.

Mas por que exatamente aquele carnaval, o único de fantasia, teve que ser tão melancólico? De manhã cedo no domingo eu já estava de cabelos enrolados para que até de tarde o frisado pegasse bem. Mas os minutos não passavam, de tanta ansiedade. Enfim, enfim! chegaram três horas da tarde: com cuidado para não rasgar o papel, eu me vesti de *rosa*.

Muitas coisas que me aconteceram tão piores que estas, eu já perdoei. No entanto essa não posso sequer entender agora: o jogo de dados de um *destino* é irracional? É impiedoso. Quando eu estava vestida de papel crepom todo armado, ainda com os cabelos enrolados e ainda sem batom e ruge – minha mãe de súbito piorou muito de saúde, um alvoroço repentino se criou em casa e mandaram-me comprar depressa um remédio na farmácia. Fui correndo vestida de *rosa* – mas o rosto ainda nu não tinha a máscara de moça que cobriria minha tão exposta vida infantil – fui correndo, correndo, perplexa, atônita, entre serpentinas, confetes e gritos de carnaval. A alegria dos outros me espantava.

Quando horas depois a atmosfera em casa acalmou-se, minha irmã me penteou e pintou-me. Mas alguma coisa tinha morrido em mim. E, como nas histórias que eu havia lido sobre fadas que encantavam e desencantavam pessoas, eu fora desencantada; não era mais uma *rosa*, era de novo uma simples menina. Desci até a rua e ali de pé eu não era uma flor, era um palhaço pensativo de lábios encarnados. Na minha fome de sentir êxtase, às vezes começava a ficar alegre mas com remorso lembrava-me do estado grave de minha mãe e de novo eu morria.

Só horas depois é que veio a salvação. E se depressa agarrei-me a ela é porque tanto precisava me salvar. Um menino de uns 12 anos, o que para mim significava um rapaz, esse menino muito bonito parou diante de mim e, numa mistura de carinho, grossura, brincadeira e sensualidade, cobriu meus cabelos já lisos, de confete: por um instante ficamos nos defrontando, sorrindo, sem falar. E eu então, mulherzinha de 8 anos, considerei pelo resto da noite que enfim alguém me havia reconhecido: eu era, sim, uma rosa.

O GRANDE PASSEIO

Era uma velha sequinha que, doce e obstinada, não parecia compreender que estava só no mundo. Os olhos lacrimejavam sempre, as mãos repousavam sobre o vestido preto e opaco, velho documento de sua vida. No tecido já endurecido encontravam-se pequenas crostas de pão coladas pela baba que lhe ressurgia agora em lembrança do berço. Lá estava uma nódoa amarelada, de um ovo que comera há duas semanas. E as marcas dos lugares onde dormia. Achava sempre onde dormir, casa de um, casa de outro. Quando lhe perguntavam o nome, dizia com a voz purificada pela fraqueza e por longuíssimos anos de boa educação:

— Mocinha.

As pessoas sorriam. Contente pelo interesse despertado, explicava:

— Nome, nome mesmo, é Margarida.

O corpo era pequeno, escuro, embora ela tivesse sido alta e clara. Tivera pai, mãe, marido, dois filhos. Todos aos poucos tinham morrido. Só ela restara com os olhos sujos e expectantes quase cobertos por um tênue veludo branco. Quando lhe davam alguma esmola davam-lhe pouca, pois ela era pequena e realmente não precisava comer muito. Quando lhe davam cama para dormir davam-lhe estreita e dura porque Margarida fora aos poucos perdendo volume. Ela também não agradecia muito: sorria e balançava a cabeça.

Dormia agora, não se sabia mais por que motivo, no quarto dos fundos de uma casa grande, numa rua larga cheia de árvores, em Botafogo. A família achava graça em Mocinha mas esquecia-se dela a maior parte do tempo. É que também se tratava de uma velha misteriosa. Levantava-se de madrugada, arrumava sua cama de anão e disparava lépida como se a casa estivesse pegando fogo. Ninguém sabia por onde andava. Um dia uma das moças da casa perguntou-lhe o que andava fazendo. Respondeu com um sorriso gentil:

– Passeando.

Acharam graça que uma velha, vivendo de caridade, andasse a passear. Mas era verdade. Mocinha nascera no Maranhão, onde sempre vivera. Viera para o Rio não há muito, com uma senhora muito boa que pretendia interná-la num asilo, mas depois não pudera ser: a senhora viajara para Minas e dera algum dinheiro para Mocinha se arrumar no Rio. E a velha passeava para ficar conhecendo a cidade. Bastava aliás uma pessoa sentar-se num banco de uma praça e já via o Rio de Janeiro.

Sua vida corria assim sem atropelos, quando a família da casa de Botafogo um dia surpreendeu-se de tê-la em casa há tanto tempo, e achou que assim também era demais. De algum modo tinham razão. Todos lá eram muito ocupados, de vez em quando surgiam casamentos, festas, noivados, visitas. E quando passavam atarefados pela velha, ficavam surpreendidos como se fossem interrompidos, abordados com uma pancadinha no ombro: "olha!" Sobretudo uma das moças da casa sentia um mal-estar irritado, a velha enervava-a sem motivo. Sobretudo o sorriso permanente, embora a moça compreendesse tratar-se de um ricto inofensivo. Talvez por falta de tempo, ninguém falou no assunto. Mas logo que alguém cogitou de mandá-la morar em Petrópolis, na casa da cunhada alemã, houve uma adesão mais animada do que uma velha poderia provocar.

Quando, pois, o filho da casa foi com a namorada e as duas irmãs passar um fim de semana em Petrópolis, levou a velha no carro.

Por que Mocinha não dormiu na noite anterior? À ideia de uma viagem, no corpo endurecido o coração se desenferrujava todo seco e descompassado, como se ela tivesse engolido uma pílula grande sem água. Em certos momentos nem podia respirar. Passou a noite falando, às vezes alto. A excitação do passeio prometido e a mudança de vida, de repente, aclaravam-lhe algumas ideias. Lembrou-se de coisas que dias antes juraria nunca terem existido. A começar pelo filho atropelado, morto debaixo de um bonde no Maranhão – se ele tivesse vivido no tráfego do Rio de Janeiro, aí mesmo é que morria atropelado. Lembrou-se dos cabelos do filho, das roupas dele. Lembrou-se da xícara que Maria Rosa quebrara e de como ela gritara com Maria Rosa. Se soubesse que a filha morreria de parto, é claro que não precisaria gritar. E lembrou-se do marido. Só relembrava o marido em mangas de camisa. Mas, não era possível, estava certa de que ele ia à repartição com o uniforme de contínuo, ia a festas de paletó, sem falar que não poderia ter ido ao enterro do filho e da filha em mangas de camisa. A procura do paletó do marido ainda mais cansou a velha que se virava com leveza na cama. De repente descobriu que a cama era dura.

– Que cama dura – disse bem alto no meio da noite.

É que se sensibilizara toda. Partes do corpo de que não tinha consciência há longo tempo reclamavam agora a sua atenção. E de súbito – mas que fome furiosa! Alucinada, levantou-se, desamarrou a pequena trouxa, tirou um pedaço de pão com manteiga ressecada que guardava secretamente há dois dias. Comeu o pão como um rato, arranhando até o sangue os lugares da boca onde só havia gengiva. E com a comida, cada vez mais se reanimava. Conseguiu, embora fugazmente, ter a visão do marido se despedindo para ir ao trabalho. Só depois que a lembrança se desvaneceu, viu que esquecera de observar se ele estava ou não em mangas de camisa. Deitou-se de novo, coçando-se toda ardente. Passou o resto da noite nesse jogo de ver por um instante e depois não conseguir ver mais. De madrugada adormeceu.

E pela primeira vez foi preciso acordá-la. Ainda no escuro, a moça veio chamá-la, de lenço amarrado na cabeça e já de maleta na mão. Inesperadamente Mocinha pediu uns instantes para pentear os cabelos. As mãos trêmulas seguravam o pente quebrado. Ela se penteava, ela se penteava. Nunca fora mulher de ir passear sem antes pentear bem os cabelos.

Quando enfim se aproximou do automóvel, o rapaz e as moças se surpreenderam com seu ar alegre e com os passos rápidos. "Tem mais saúde do que eu!", brincou o rapaz. À moça da casa ocorreu: "E eu que até tinha pena dela."

Mocinha sentou-se junto da janela do carro, um pouco apertada pelas duas irmãs acomodadas no mesmo banco. Nada dizia, sorria. Mas quando o automóvel deu a primeira arrancada, jogando-a para trás, sentiu dor no peito. Não era só por alegria, era um dilaceramento. O rapaz virou-se para trás:

– Não vá enjoar, vovó!

As moças riram, principalmente a que se sentara na frente, a que de vez em quando encostava a cabeça no ombro do rapaz. Por cortesia, a velha quis responder, mas não pôde. Quis sorrir, não conseguiu. Olhou para todos, com olhos lacrimejantes, o que os outros já sabiam que não significava chorar. Qualquer coisa em seu rosto amorteceu um pouco a alegria da moça da casa e deu-lhe um ar obstinado.

A viagem foi muito bonita.

As moças estavam contentes, Mocinha agora já recomeçara a sorrir. E, embora o coração batesse muito, tudo estava melhor. Passaram por um cemitério, passaram por um armazém, árvore, duas mulheres, um soldado, gato! letras – tudo engolido pela velocidade.

Quando Mocinha acordou não sabia mais onde estava. A estrada já havia amanhecido totalmente: era estreita e perigosa. A boca da velha ardia, os pés e as mãos distanciavam-se gelados do resto do corpo. As moças falavam, a da frente apoiara a cabeça no ombro do rapaz. Os embrulhos despencavam a todo instante.

Então a cabeça de Mocinha começou a trabalhar. O marido apareceu-lhe de paletó – achei, achei! o paletó estava pendurado o tempo todo no cabide. Lembrou-se do nome da amiga de Maria Rosa, daquela que morava defronte: Elvira, e a mãe de Elvira até era aleijada. As lembranças quase lhe arrancavam uma exclamação. Então ela movia os lábios devagar e dizia baixo algumas palavras.

As moças falavam:

– Ah, obrigada, um presente desses eu rejeito!

Foi quando Mocinha começou finalmente a não entender. Que fazia ela no carro? como conhecera seu marido e onde? como é que a mãe de Maria Rosa e Rafael, a própria mãe deles, estava no automóvel com aquela gente? Logo depois acostumou-se de novo.

O rapaz disse para as irmãs:

– Acho melhor não pararmos defronte, para evitar histórias. Ela salta do carro, a gente ensina aonde é, ela vai sozinha e dá o recado de que é para ficar.

Uma das moças da casa perturbou-se: receava que o irmão, com uma incompreensão típica de homem, falasse demais diante da namorada. Eles não visitavam mais o irmão de Petrópolis, e muito menos a cunhada.

– É sim, interrompeu-o a tempo antes que ele falasse demais. Olha, Mocinha, você entra por aquele beco e não há como errar: na casa de tijolo vermelho, você pergunta por Arnaldo, meu irmão, ouviu? Arnaldo. Diz que lá em casa você não podia mais ficar, diz que na casa de Arnaldo tem lugar e que você até pode vigiar um pouco o garoto, viu...

Mocinha desceu do automóvel, e durante um tempo ainda ficou de pé mas pairando entontecida sobre rodas. O vento fresco soprava-lhe a saia comprida por entre as pernas.

Arnaldo não estava. Mocinha entrou na saleta onde a dona da casa, com um pano contra pó amarrado na cabeça, tomava café. Um menino louro – decerto aquele que Mocinha deveria vigiar – estava sentado diante de um prato de tomates e cebolas e comia sonolento, enquanto as pernas brancas e sardentas balançavam-se sob a mesa. A alemã encheu-lhe o prato de mingau de aveia, empurrou-lhe na mesa pão torrado com manteiga. As moscas zuniam. Mocinha estava fraca. Se bebesse um pouco de café quente talvez passasse o frio no corpo.

A mulher alemã examinava-a de vez em quando em silêncio: não acreditara na história da recomendação da cunhada, embora "de lá" tudo fosse de se esperar. Mas talvez a velha tivesse ouvido de alguém o endereço, até num bonde, por acaso, isso às vezes acontecia, bastava abrir um jornal e ver que acontecia. É que aquela história não estava nada bem contada, e a velha tinha um ar sabido, nem sequer escondia o sorriso. O melhor seria não deixá-la sozinha na saleta, com o armário cheio de louça nova.

– Preciso antes tomar café, disse-lhe. Depois que meu marido chegar, veremos o que se pode fazer.

Mocinha não entendeu muito bem, pois ela falava como gringa. Mas entendeu que era para continuar sentada. O cheiro de café dava-lhe vontade, e uma vertigem que escurecia a sala toda. Os lábios ardiam secos e o coração batia todo independente. Café, café, olhava ela sorrindo e lacrimejando. A seus pés o cachorro mordia a própria pata, rosnando. A empregada, também meio gringa, alta, de pescoço muito fino e seios grandes, a empregada trouxe um prato de queijo branco e mole. Sem uma palavra, a mãe esmagou bastante queijo no pão torrado e empurrou-o para o lado do filho. O menino comeu tudo e, com a barriga grande, agarrou um palito e levantou-se:

– Mãe, cem cruzeiros.
– Não. Para quê?
– Chocolate.
– Não. Amanhã é que é domingo.

Uma pequena luz iluminou Mocinha: domingo? que fazia naquela casa em vésperas de domingo? Nunca saberia dizer. Mas bem que gostaria de tomar conta daquele menino. Sempre gostara de criança loura: todo menino louro se parecia com o Menino Jesus. O que fazia naquela casa? Mandavam-na à toa de um lado para outro, mas ela contaria tudo, iam ver. Sorriu encabulada: não contaria era nada, pois o que queria mesmo era café.

A dona da casa gritou para dentro, e a empregada indiferente trouxe um prato fundo, cheio de papa escura. Gringos comiam muito de manhã, isso Mocinha vira mesmo no Maranhão. A dona da casa, com seu ar sem brincadeiras porque gringo em Petrópolis era tão sério como no Maranhão, a dona da casa tirou uma colherada de queijo branco, triturou-o com o garfo e misturou-o à papa. Para dizer verdade, porcaria mesmo de gringo. Pôs-se então a comer, absorta, com o mesmo ar de fastio que os gringos do Maranhão têm. Mocinha olhava. O cachorro rosnava às pulgas.

Afinal Arnaldo apareceu em pleno sol, a cristaleira brilhando. Ele não era louro. Falou em voz baixa com a mulher, e depois de demorada confabulação, informou firme e curioso para Mocinha:

– Não pode ser não, aqui não tem lugar não.

E como a velha não protestasse e continuasse a sorrir, ele falou mais alto:

– Não tem lugar não, ouviu?

Mas Mocinha continuava sentada. Arnaldo ensaiou um gesto. Olhou para as duas mulheres na sala e vagamente sentiu o cômico do contraste. A esposa esticada e vermelha. E mais adiante a velha murcha e escura, com uma sucessão de peles secas penduradas nos ombros. Diante do sorriso malicioso da velha, ele se impacientou:

– E agora estou muito ocupado! Eu lhe dou dinheiro e você toma o trem para o Rio, ouviu? volta para a casa de minha mãe, chega lá e diz: casa de Arnaldo não é asilo, viu? aqui não tem lugar. Diz assim: casa de Arnaldo não é asilo não, viu!

Mocinha pegou no dinheiro e dirigiu-se à porta. Quando Arnaldo já ia se sentar para comer, Mocinha reapareceu:

– Obrigada, Deus lhe ajude.

Na rua, de novo pensou em Maria Rosa, Rafael, o marido. Não sentiu a menor saudade. Mas lembrava-se. Dirigiu-se para a estrada, afastando-se cada vez mais da estação. Sorriu como se pregasse uma peça a alguém: em vez de voltar logo, ia antes passear um pouco. Um homem passou. Então uma coisa muito curiosa, e sem nenhum interesse, foi iluminada: quando ela era ainda uma mulher, os homens. Não conseguia ter uma imagem precisa das figuras dos homens, mas viu a si própria com blusas claras e cabelos compridos. A sede voltou-lhe, queimando a garganta. O sol ardia, faiscava em cada seixo branco. A estrada de Petrópolis é muito bonita.

No chafariz de pedra negra e molhada, em plena estrada, uma preta descalça enchia uma lata de água.

Mocinha ficou parada, espreitando. Viu depois a preta reunir as mãos em concha e beber.

Quando a estrada ficou de novo vazia, Mocinha adiantou-se como se saísse de um esconderijo e aproximou-se sorrateira do chafariz. Os fios de água escorreram geladíssimos por dentro das mangas até os cotovelos, pequenas gotas brilharam suspensas nos cabelos.

Saciada, espantada, continuou a passear com os olhos mais abertos, em atenção às voltas violentas que a água pesada dava no estômago, acordando pequenos reflexos pelo resto do corpo como luzes.

A estrada subia muito. A estrada era mais bonita que o Rio de Janeiro, e subia muito. Mocinha sentou-se numa pedra que havia junto de uma árvore, para poder apreciar. O céu estava altíssimo, sem nenhuma nuvem. E tinha muito passarinho que voava do abismo para a estrada. A estrada branca de sol se estendia sobre um abismo verde. Então, como estava cansada, a velha encostou a cabeça no tronco da árvore e morreu.

COME, MEU FILHO

O mundo parece chato mas eu sei que não é. Sabe por que parece chato? Porque, sempre que a gente olha, o céu está em cima, nunca está embaixo, nunca está de lado. Eu sei que o mundo é redondo porque disseram, mas só ia parecer redondo se a gente olhasse e às vezes o céu estivesse lá embaixo. Eu sei que é redondo, mas para mim é chato, mas Ronaldo só sabe que o mundo é redondo, para ele não parece chato.

– ...
– Porque eu estive em muitos países e vi que nos Estados Unidos o céu também é em cima, por isso o mundo parecia todo reto para mim. Mas Ronaldo nunca saiu do Brasil e pode pensar que só aqui é que o céu é lá em cima, que nos outros lugares não é chato, que só é chato no Brasil, que nos outros lugares que ele não viu vai arredondando. Quando dizem para ele, é só acreditar, pra ele nada precisa parecer. Você prefere prato fundo ou prato chato, mamãe?
– Chat... raso, quer dizer.

– Eu também. No fundo, parece que cabe mais, mas é só para o fundo, no chato cabe para os lados e a gente vê logo tudo o que tem. Pepino não parece *inreal*?

– Irreal.

– Por que você acha?

– Se diz assim.

– Não, por que é que você também achou que pepino parece *inreal*? Eu também. A gente olha e vê um pouco do outro lado, é cheio de desenho bem igual, é frio na boca, faz barulho de um pouco de vidro quando se mastiga. Você não acha que pepino parece inventado?

– Parece.

– Onde foi inventado feijão com arroz?

– Aqui.

– Ou no árabe, igual que Pedrinho disse de outra coisa?

– Aqui.

– Na Sorveteria Gatão o sorvete é bom porque tem gosto igual da cor. Para você carne tem gosto de carne?

– Às vezes.

– Duvido! Só quero ver: da carne pendurada no açougue?!

– Não.

– E nem da carne que a gente fala. Não tem gosto de quando você diz que carne tem vitamina.

– Não fala tanto, come.

– Mas você está olhando desse jeito para mim, mas não é para eu comer, é porque você está gostando muito de mim, adivinhei ou errei?

– Adivinhou. Come, Paulinho.

– Você só pensa nisso. Eu falei muito para você não pensar só em comida, mas você vai e não esquece.

PERDOANDO DEUS

Eu ia andando pela avenida Copacabana e olhava distraída edifícios, nesga de mar, pessoas, sem pensar em nada. Ainda não percebera que na verdade não estava distraída, estava era de uma atenção sem esforço, estava sendo uma coisa muito rara: livre. Via tudo, e à toa. Pouco a pouco é que fui percebendo que estava percebendo as coisas. Minha liberdade então se intensificou um pouco mais, sem deixar de ser liberdade. Não era *tour de propriétaire*, nada daquilo era meu, nem eu queria. Mas parece-me que me sentia satisfeita com o que via.

Tive então um sentimento de que nunca ouvi falar. Por puro carinho, eu me senti a mãe de Deus, que era a Terra, o mundo. Por puro carinho, mesmo, sem nenhuma prepotência ou glória, sem o menor senso de superioridade ou igualdade, eu era por carinho a mãe do que existe. Soube também que se tudo isso "fosse mesmo" o que eu sentia – e não possivelmente um equívoco de sentimento – que Deus sem nenhum orgulho e nenhuma pequenez se deixaria acarinhar, e sem nenhum compromisso comigo. Ser-Lhe-ia aceitável a intimidade com que eu fazia carinho. O sentimento era novo para mim, mas muito certo, e não ocorrera antes apenas porque não tinha podido ser. Sei que se ama ao que é Deus. Com amor grave, amor solene, respeito, medo, e reverência. Mas nunca tinham me falado de carinho maternal por Ele. E assim como meu carinho por um filho não o reduz, até o alarga, assim ser mãe do mundo era o meu amor apenas livre.

 E foi quando quase pisei num enorme rato morto. Em menos de um segundo estava eu eriçada pelo terror de viver, em menos de um segundo estilhaçava-me toda em pânico, e controlava como podia o meu mais profundo grito. Quase correndo de medo, cega entre as pessoas, terminei no outro quarteirão encostada a um poste, cerrando violentamente os olhos, que não queriam mais ver. Mas a imagem colava-se às pálpebras: um grande rato ruivo, de cauda enorme, com os pés esmagados, e morto, quieto, ruivo. O meu medo desmesurado de ratos.

 Toda trêmula, consegui continuar a viver. Toda perplexa continuei a andar, com a boca infantilizada pela surpresa. Tentei cortar a conexão entre os dois fatos: o que eu sentira minutos antes e o rato. Mas era inútil. Pelo menos a contiguidade ligava-os. Os dois fatos tinham ilogicamente um nexo. Espantava-me que um rato tivesse sido o meu contraponto. E a revolta de súbito me tomou: então não podia eu me entregar desprevenida ao amor? De que estava Deus querendo me lembrar? Não sou pessoa que precise ser lembrada de que dentro de tudo há o sangue. Não só não esqueço o sangue de dentro como eu o admito e o quero, sou demais o sangue para esquecer o sangue, e para mim a palavra espiritual não tem sentido, e nem a palavra terrena tem sentido. Não era preciso ter jogado na minha cara tão nua um rato. Não naquele instante. Bem poderia ter sido levado em conta o pavor que desde pequena me alucina e persegue, os ratos já riram de mim, no passado do mundo os ratos já me devoraram com pressa e raiva. Então era assim?, eu andando pelo mundo sem pedir nada, sem precisar de nada, amando de puro amor inocente, e Deus a me mostrar o seu rato? A grosseria de Deus me feria e insultava-me. Deus era bruto. Andando com o coração fechado, minha decepção era tão inconsolável como só em criança fui decepcionada. Continuei andando, procurava esquecer. Mas só me ocorria a vingança. Mas que vingança poderia eu contra um Deus Todo-Poderoso, contra um Deus que até com um rato esmagado podia me esmagar? Minha vulnerabilidade de criatura só. Na minha vontade de vingança nem ao menos eu podia encará-lo, pois eu não sabia onde é que Ele mais estava, qual seria a coisa onde Ele mais estava e que eu, olhando com raiva essa coisa, eu O visse? no rato? naquela janela? nas pedras do chão? Em mim é que Ele não estava mais. Em mim é que eu não O via mais.

Então a vingança dos fracos me ocorreu: ah, é assim? pois então não guardarei segredo, e vou contar. Sei que é ignóbil ter entrado na intimidade de Alguém, e depois contar os segredos, mas vou contar – não conte, só por carinho não conte, guarde para você mesma as vergonhas Dele – mas vou contar, sim, vou espalhar isso que me aconteceu, dessa vez não vai ficar por isso mesmo, vou contar o que Ele fez, vou estragar a Sua reputação.

... mas quem sabe, foi porque o mundo também é rato, e eu tinha pensado que já estava pronta para o rato também. Porque eu me imaginava mais forte. Porque eu fazia do amor um cálculo matemático errado: pensava que, somando as compreensões, eu amava. Não sabia que, somando as incompreensões, é que se ama verdadeiramente. Porque eu, só por ter tido carinho, pensei que amar é fácil. É porque eu não quis o amor solene, sem compreender que a solenidade ritualiza a incompreensão e a transforma em oferenda. E é também porque sempre fui de brigar muito, meu modo é brigando. É porque sempre tento chegar pelo meu modo. É porque ainda não sei ceder. É porque no fundo eu quero amar o que eu amaria – e não o que é. É porque ainda não sou eu mesma, e então o castigo é amar um mundo que não é ele. É também porque eu me ofendo à toa. É porque talvez eu precise que me digam com brutalidade, pois sou muito teimosa. É porque sou muito possessiva e então me foi perguntado com alguma ironia se eu também queria o rato para mim. É porque só poderei ser mãe das coisas quando puder pegar um rato na mão. Sei que nunca poderei pegar num rato sem morrer de minha pior morte. Então, pois, que eu use o *magnificat* que entoa às cegas sobre o que não se sabe nem vê. E que eu use o formalismo que me afasta. Porque o formalismo não tem ferido a minha simplicidade, e sim o meu orgulho, pois é pelo orgulho de ter nascido que me sinto tão íntima do mundo, mas este mundo que eu ainda extraí de mim de um grito mudo. Porque o rato existe tanto quanto eu, e talvez nem eu nem o rato sejamos para ser vistos por nós mesmos, a distância nos iguala. Talvez eu tenha que aceitar antes de mais nada esta minha natureza que quer a morte de um rato. Talvez eu me ache delicada demais apenas porque não cometi os meus crimes. Só porque contive os meus crimes, eu me acho de amor inocente. Talvez eu não possa olhar o rato enquanto não olhar sem lividez esta minha alma que é apenas contida. Talvez eu tenha que chamar de "mundo" esse meu modo de ser um pouco de tudo. Como posso amar a grandeza do mundo se não posso amar o tamanho de minha natureza? Enquanto eu imaginar que "Deus" é bom só porque eu sou ruim, não estarei amando a nada: será apenas o meu modo de me acusar. Eu, que sem nem ao menos ter me percorrido toda, já escolhi amar o meu contrário, e ao meu contrário quero chamar de Deus. Eu, que jamais me habituarei a mim, estava querendo que o mundo não me escandalizasse. Porque eu, que de mim só consegui foi me submeter a mim mesma, pois sou tão mais inexorável do que eu, eu estava querendo me compensar de mim mesma com uma terra menos violenta que eu. Porque enquanto eu amar a um Deus só porque não me quero, serei um dado marcado, e o jogo de minha vida maior não se fará. Enquanto eu inventar Deus, Ele não existe.

TENTAÇÃO

E la estava com soluço. E como se não bastasse a claridade das duas horas, ela era ruiva.

Na rua vazia as pedras vibravam de calor – a cabeça da menina flamejava. Sentada nos degraus de sua casa, ela suportava. Ninguém na rua, só uma pessoa esperando inutilmente no ponto do bonde. E como se não bastasse seu olhar submisso e paciente, o soluço a interrompia de momento a momento, abalando o queixo que se apoiava conformado na mão. Que fazer de uma menina ruiva com soluço? Olhamo-nos sem palavras, desalento contra desalento. Na rua deserta nenhum sinal de bonde. Numa terra de morenos, ser ruivo era uma revolta involuntária. Que importava se num dia futuro sua marca ia fazê-la erguer insolente uma cabeça de mulher? Por enquanto ela estava sentada num degrau faiscante da porta, às duas horas. O que a salvava era uma bolsa velha de senhora, com alça partida. Segurava-a com um amor conjugal já habituado, apertando-a contra os joelhos.

Foi quando se aproximou a sua outra metade neste mundo, um irmão em Grajaú. A possibilidade de comunicação surgiu no ângulo quente da esquina acompanhando uma senhora, e encarnada na figura de um cão. Era um basset lindo e miserável, doce sob a sua fatalidade. Era um basset ruivo.

Lá vinha ele trotando, à frente de sua dona, arrastando seu comprimento. Desprevenido, acostumado, cachorro.

A menina abriu os olhos pasmados. Suavemente avisado, o cachorro estacou diante dela. Sua língua vibrava. Ambos se olhavam.

Entre tantos seres que estão prontos para se tornarem donos de outro ser, lá estava a menina que viera ao mundo para ter aquele cachorro. Ele fremia suavemente, sem latir. Ela olhava-o sob os cabelos, fascinada, séria. Quanto tempo se passava? Um grande soluço sacudiu-a desafinado. Ele nem sequer tremeu. Também ela passou por cima do soluço e continuou a fitá-lo.

Os pelos de ambos eram curtos, vermelhos.

Que foi que se disseram? Não se sabe. Sabe-se apenas que se comunicaram rapidamente, pois não havia tempo. Sabe-se também que sem falar eles se pediam. Pediam-se, com urgência, com encabulamento, surpreendidos.

No meio de tanta vaga impossibilidade e de tanto sol, ali estava a solução para a criança vermelha. E no meio de tantas ruas a serem trotadas, de tantos cães maiores, de tantos esgotos secos – lá estava uma menina, como se fora carne de sua ruiva carne. Eles se fitavam profundos, entregues, ausentes de Grajaú. Mais um instante e o suspenso sonho se quebraria, cedendo talvez à gravidade com que se pediam.

Mas ambos eram comprometidos.

Ela com sua infância impossível, o centro da inocência que só se abriria quando ela fosse uma mulher. Ele, com sua natureza aprisionada.

A dona esperava impaciente sob o guarda-sol. O basset ruivo afinal despregou-se da menina e saiu sonâmbulo. Ela ficou espantada, com o acontecimento nas mãos, numa mudez que nem pai nem mãe compreenderiam. Acompanhou-o com olhos pretos que mal acreditavam, debruçada sobre a bolsa e os joelhos, até vê-lo dobrar a outra esquina.

Mas ele foi mais forte que ela. Nem uma só vez olhou para trás.

O OVO E A GALINHA

de manhã na cozinha sobre a mesa vejo o ovo. Olho o ovo com um só olhar. Imediatamente percebo que não se pode estar vendo um ovo. Ver um ovo nunca se mantém no presente: mal vejo um ovo e já se torna ter visto um ovo há três milênios. – No próprio instante de se ver o ovo ele é a lembrança de um ovo. – Só vê o ovo quem já o tiver visto. – Ao ver o ovo é tarde demais: ovo visto, ovo perdido. – Ver o ovo é a promessa de um dia chegar a ver o ovo. – Olhar curto e indivisível; se é que há pensamento; não há; há o ovo. – Olhar é o necessário instrumento que, depois de usado, jogarei fora. Ficarei com o ovo. – O ovo não tem um si-mesmo. Individualmente ele não existe.

Ver o ovo é impossível: o ovo é supervisível como há sons supersônicos. Ninguém é capaz de ver o ovo. O cão vê o ovo? Só as máquinas veem o ovo. O guindaste vê o ovo. – Quando eu era antiga um ovo pousou no meu ombro. – O amor pelo ovo também não se sente. O amor pelo ovo é supersensível. A gente não sabe que ama o ovo. – Quando eu era antiga fui depositária do ovo e caminhei de leve para não entornar o silêncio do ovo. Quando morri, tiraram de mim o ovo com cuidado. Ainda estava vivo. – Só quem visse o mundo veria o ovo. Como o mundo, o ovo é óbvio.

O ovo não existe mais. Como a luz da estrela já morta, o ovo propriamente dito não existe mais. – Você é perfeito, ovo. Você é branco. – A você dedico o começo. A você dedico a primeira vez.

Ao ovo dedico a nação chinesa.

O ovo é uma coisa suspensa. Nunca pousou. Quando pousa, não foi ele quem pousou. Foi uma coisa que ficou embaixo do ovo. – Olho o ovo na cozinha com atenção superficial para não quebrá-lo. Tomo o maior cuidado de não entendê-lo. Sendo impossível entendê-lo, sei que se eu o entender é porque estou errando. Entender é a prova do erro. Entendê-lo não é o modo de vê-lo. – Jamais pensar no ovo é um modo de tê-lo visto. – Será que sei do ovo? É quase certo que sei. Assim: existo, logo sei. – O que eu não sei do ovo é o que realmente importa. O que eu não sei do ovo me dá o ovo propriamente dito. – A Lua é habitada por ovos.

O ovo é uma exteriorização. Ter uma casca é dar-se. – O ovo desnuda a cozinha. Faz da mesa um plano inclinado. O ovo expõe. – Quem se aprofunda num ovo, quem vê mais do que a superfície do ovo, está querendo outra coisa: está com fome.

Ovo é a alma da galinha. A galinha desajeitada. O ovo certo. A galinha assustada. O ovo certo. Como um projétil parado. Pois ovo é ovo no espaço. Ovo sobre azul. – Eu te amo, ovo. Eu te amo como uma coisa nem sequer sabe que ama outra coisa. – Não toco nele. A aura de meus dedos é que vê o ovo. Não toco nele. – Mas dedicar-me à visão do ovo seria morrer para a vida mundana, e eu preciso da gema e da clara. – O ovo me vê. O ovo me idealiza? O ovo me medita?

Não, o ovo apenas me vê. É isento da compreensão que fere. – O ovo nunca lutou. Ele é um dom. – O ovo é invisível a olho nu. De ovo a ovo chega-se a Deus, que é invisível a olho nu. – O ovo terá sido talvez um triângulo que tanto rolou no espaço que foi se ovalando. – O ovo é basicamente um jarro? Terá sido o primeiro jarro moldado pelos etruscos? Não. O ovo é originário da Macedônia. Lá foi calculado, fruto da mais penosa espontaneidade. Nas areias da Macedônia um homem com uma vara na mão desenhou-o. E depois apagou-o com o pé nu.

Ovo é coisa que precisa tomar cuidado. Por isso a galinha é o disfarce do ovo. Para que o ovo atravesse os tempos a galinha existe. Mãe é para isso. – O ovo vive foragido por estar sempre adiantado demais para a sua época. – Ovo por enquanto será sempre revolucionário. – Ele vive dentro da galinha para que não o chamem de branco. O ovo é branco mesmo. Mas não pode ser chamado de branco. Não porque isso faça mal a ele, mas as pessoas que chamam ovo de branco, essas pessoas morrem para a vida. Chamar de branco aquilo que é branco pode destruir a humanidade. Uma vez um homem foi acusado de ser o que ele era, e foi chamado de Aquele Homem. Não tinham mentido: Ele era. Mas até hoje ainda não nos recuperamos, uns após outros. A lei geral para continuarmos vivos: pode-se dizer "um rosto bonito", mas quem disser "o rosto" morre; por ter esgotado o assunto.

Com o tempo, o ovo se tornou um ovo de galinha. Não o é. Mas, adotado, usa-lhe o sobrenome. – Deve-se dizer "o ovo da galinha". Se se disser apenas "o ovo", esgota-se o assunto, e o mundo fica nu. – Em relação ao ovo, o perigo é que se descubra o que se poderia chamar de beleza, isto é, sua veracidade. A veracidade do ovo não é verossímil. Se descobrirem, podem querer obrigá-lo a se tornar retangular. O perigo não é para o ovo, ele não se tornaria retangular. (Nossa garantia é que ele não pode: não pode é a grande força do ovo: sua grandiosidade vem da grandeza de não poder, que se irradia como um não querer.) Mas quem lutasse por torná-lo retangular estaria perdendo a própria vida. O ovo nos põe, portanto, em perigo. Nossa vantagem é que o ovo é invisível. E quanto aos iniciados, os iniciados disfarçam o ovo.

Quanto ao corpo da galinha, o corpo da galinha é a maior prova de que o ovo não existe. Basta olhar para a galinha para se tornar óbvio que o ovo é impossível de existir.

E a galinha? O ovo é o grande sacrifício da galinha. O ovo é a cruz que a galinha carrega na vida. O ovo é o sonho inatingível da galinha. A galinha ama o ovo. Ela não sabe que existe o ovo. Se soubesse que tem em si mesma um ovo, ela se salvaria? Se soubesse que tem em si mesma o ovo, perderia o estado de galinha. Ser uma galinha é a sobrevivência da galinha. Sobreviver é a salvação. Pois parece que viver não existe. Viver leva à morte. Então o que a galinha faz é estar permanentemente sobrevivendo. Sobreviver chama-se manter luta contra a vida que é mortal. Ser uma galinha é isso. A galinha tem o ar constrangido.

É necessário que a galinha não saiba que tem um ovo. Senão ela se salvaria como galinha, o que também não é garantido, mas perderia o ovo. Então ela não sabe. Para que o ovo use a galinha é que a galinha existe. Ela era só para se cumprir, mas gostou. O desarvoramento da galinha vem disso: gostar não fazia parte de nascer. Gostar de estar vivo dói. – Quanto a quem veio antes, foi o ovo que achou a galinha. A galinha não foi sequer chamada. A galinha é diretamente uma escolhida. – A galinha vive como em sonho. Não tem senso da realidade. Todo o susto da galinha é porque estão sempre interrompendo o seu devaneio. A galinha é um grande sono. – A galinha sofre de um mal desconhecido. O mal desconhecido da galinha é o ovo. – Ela não sabe se explicar: "sei que o erro está em mim mesma", ela chama de erro a sua vida, "não sei mais o que sinto" etc.

"Etc., etc., etc." é o que cacareja o dia inteiro a galinha. A galinha tem muita vida interior. Para falar a verdade a galinha só tem mesmo é vida interior. A nossa visão de sua vida interior é o que nós chamamos de "galinha". A vida interior na galinha consiste em agir como se entendesse. Qualquer ameaça e ela grita em escândalo feito uma doida. Tudo isso para que o ovo não se quebre dentro dela. Ovo que se quebra dentro da galinha é como sangue.

A galinha olha o horizonte. Como se da linha do horizonte é que viesse vindo um ovo. Fora de ser um meio de transporte para o ovo, a galinha é tonta, desocupada e míope. Como poderia a galinha se entender se ela é a contradição de um ovo? O ovo ainda é o mesmo que se originou na Macedônia. A galinha é sempre a tragédia mais moderna. Está sempre inutilmente a par. E continua sendo redesenhada. Ainda não se achou a forma mais adequada para uma galinha. Enquanto meu vizinho atende ao telefone ele redesenha com lápis distraído a galinha. Mas para a galinha não há jeito: está na sua condição não servir a si própria. Sendo, porém, o seu destino mais importante que ela, e sendo o seu destino o ovo, a sua vida pessoal não nos interessa.

Dentro de si a galinha não reconhece o ovo, mas fora de si também não o reconhece. Quando a galinha vê o ovo pensa que está lidando com uma coisa impossível. E com o coração batendo, com o coração batendo tanto, ela não o reconhece.

De repente olho o ovo na cozinha e só vejo nele a comida. Não o reconheço, e meu coração bate. A metamorfose está se fazendo em mim: começo a não poder mais enxergar o ovo. Fora de cada ovo particular, fora de cada ovo que se come, o ovo não existe. Já não consigo mais crer num ovo. Estou cada vez mais sem força de acreditar, estou morrendo, adeus, olhei demais um ovo e ele foi me adormecendo.

A galinha que não queria sacrificar a sua vida. A que optou por querer ser "feliz". A que não percebia que, se passasse a vida desenhando dentro de si como numa iluminura o ovo, ela estaria servindo. A que não sabia perder a si mesma. A que pensou que tinha penas de galinha para se cobrir por possuir pele preciosa, sem entender que as penas eram exclusivamente para suavizar a travessia ao carregar o ovo, porque o sofrimento intenso poderia prejudicar o ovo. A que pensou que o prazer lhe era um dom, sem perceber que era para que ela se distraísse totalmente enquanto o ovo se faria. A que não sabia que "eu" é apenas uma das palavras que se desenham enquanto se atende ao telefone, mera tentativa de buscar forma mais adequada. A que pensou que "eu" significa ter um si-mesmo. As galinhas prejudiciais ao ovo são aquelas que são um "eu" sem trégua. Nelas o "eu" é tão constante que elas já não podem mais pronunciar a palavra "ovo". Mas, quem sabe, era disso mesmo que o ovo precisava. Pois se elas não estivessem tão distraídas, se prestassem atenção à grande vida que se faz dentro delas, atrapalhariam o ovo.

Comecei a falar da galinha e há muito já não estou falando mais da galinha. Mas ainda estou falando do ovo.

E eis que não entendo o ovo. Só entendo ovo quebrado: quebro-o na frigideira. É deste modo indireto que me ofereço à existência do ovo: meu sacrifício é reduzir-me à minha vida pessoal. Fiz do meu prazer e da minha dor o meu destino disfarçado. E ter apenas a própria vida é, para quem já viu o ovo, um sacrifício. Como aqueles que, no convento, varrem o chão e lavam a roupa, servindo sem a glória de função maior, meu trabalho é o de viver os meus prazeres e as minhas dores. É necessário que eu tenha a modéstia de viver.

Pego mais um ovo na cozinha, quebro-lhe casca e forma. E a partir deste instante exato nunca existiu um ovo. É absolutamente indispensável que eu seja uma ocupada e uma distraída. Sou indispensavelmente um dos que renegam. Faço parte da maçonaria dos que viram uma vez o ovo e o renegam como forma de protegê-lo. Somos os que se abstêm de destruir, e nisso se consomem. Nós, agentes disfarçados e distribuídos pelas funções menos reveladoras, nós às vezes nos reconhecemos. A um certo modo de olhar, a um jeito de dar a mão, nós nos reconhecemos e a isto chamamos de amor. E então não é necessário o disfarce: embora não se fale, também não se mente, embora não se diga a verdade, também não é mais necessário dissimular. Amor é quando é concedido participar um pouco mais. Poucos querem o amor, porque amor é a grande desilusão de tudo o mais. E poucos suportam perder todas as outras ilusões. Há os que se voluntariam para o amor, pensando que o amor enriquecerá a vida pessoal. É o contrário: amor é finalmente a pobreza. Amor é não ter. Inclusive amor é a desilusão do que se pensava que era amor. E não é prêmio, por isso não envaidece, amor não é prêmio, é uma condição concedida exclusivamente para aqueles que, sem ele, corromperiam o ovo com a dor pessoal. Isso não faz do amor uma exceção honrosa; ele é exatamente concedido aos maus agentes, àqueles que atrapalhariam tudo se não lhes fosse permitido adivinhar vagamente.

A todos os agentes são dadas muitas vantagens para que o ovo se faça. Não é o caso de se ter inveja pois, inclusive algumas das condições, piores do que as dos outros, são apenas as condições ideais para o ovo. Quanto ao prazer dos agentes, eles também o recebem sem orgulho. Austeramente vivem todos os prazeres: inclusive é o nosso sacrifício para que o ovo se faça. Já nos foi imposta, inclusive, uma natureza toda adequada a muito prazer. O que facilita. Pelo menos torna menos penoso o prazer.

Há casos de agentes que se suicidam: acham insuficientes as pouquíssimas instruções recebidas, e se sentem sem apoio. Houve o caso do agente que revelou publicamente ser agente porque lhe foi intolerável não ser compreendido, e ele não suportava mais não ter o respeito alheio: morreu atropelado quando saía de um restaurante. Houve um outro que nem precisou ser eliminado: ele próprio se consumiu lentamente na revolta, sua revolta veio quando ele descobriu que as duas ou três instruções recebidas não incluíam nenhuma explicação. Houve outro, também eliminado, porque achava que "a verdade deve ser corajosamente dita", e começou em primeiro lugar a procurá-la; dele se disse que morreu em nome da verdade, mas o fato é que ele estava apenas dificultando a verdade com sua inocência; sua aparente coragem era tolice, e era ingênuo o seu desejo de lealdade, ele não compreendera que ser leal não é coisa limpa, ser leal é ser desleal para com todo o resto. Esses casos extremos de morte não são por crueldade. É que há um trabalho, digamos cósmico, a ser feito, e os casos individuais infelizmente não podem ser levados em consideração. Para os que sucumbem e se tornam individuais é que existem as instituições, a caridade, a compreensão que não discrimina motivos, a nossa vida humana enfim.

Os ovos estalam na frigideira, e mergulhada no sonho preparo o café da manhã. Sem nenhum senso da realidade, grito pelas crianças que brotam de várias camas, arrastam cadeiras e comem, e o trabalho do dia amanhecido começa, gritado e rido e comido, clara e gema, alegria entre brigas, dia que é o nosso sal e nós somos o sal do dia, viver é extremamente tolerável, viver ocupa e distrai, viver faz rir.

E me faz sorrir no meu mistério. O meu mistério é que eu ser apenas um meio, e não um fim, tem-me dado a mais maliciosa das liberdades: não sou boba e aproveito. Inclusive, faço um mal aos outros que, francamente. O falso emprego que me deram para disfarçar a minha verdadeira função, pois aproveito o falso emprego e dele faço o meu verdadeiro; inclusive o dinheiro que me dão como diária para facilitar minha vida de modo a que o ovo se faça, pois esse dinheiro eu tenho usado para outros fins, desvio de verba, ultimamente comprei ações da Brahma e estou rica. A isso tudo ainda chamo ter a necessária modéstia de viver. E também o tempo que me deram, e que nos dão apenas para que no ócio honrado o ovo se faça, pois tenho usado esse tempo para prazeres ilícitos e dores ilícitas, inteiramente esquecida do ovo. Esta é a minha simplicidade.

Ou é isso mesmo que eles querem que me aconteça, exatamente para que o ovo se cumpra? É liberdade ou estou sendo mandada? Pois venho notando que tudo o que é erro meu tem sido aproveitado. Minha revolta é que para eles eu não sou nada, eu sou apenas preciosa: eles cuidam de mim segundo por segundo, com a mais absoluta falta de amor; sou apenas preciosa. Com o dinheiro que me dão, ando ultimamente bebendo. Abuso ou confiança? Mas é que ninguém sabe como se sente por dentro aquele cujo emprego consiste em fingir que está traindo, e que termina acreditando na própria traição. Cujo emprego consiste em diariamente esquecer. Aquele de quem é exigida a aparente desonra. Nem meu espelho reflete mais um rosto que seja meu. Ou sou um agente, ou é a traição mesmo.

Mas durmo o sono dos justos por saber que minha vida fútil não atrapalha a marcha do grande tempo. Pelo contrário: parece que é exigido de mim que eu seja extremamente fútil, é exigido de mim inclusive que eu durma como um justo. Eles me querem ocupada e distraída, e não lhes importa como. Pois, com minha atenção errada e minha tolice grave, eu poderia atrapalhar o que se está fazendo através de mim. É que eu própria, eu propriamente dita, só tenho mesmo servido para atrapalhar. O que me revela que talvez eu seja um agente é a ideia de que meu destino me ultrapassa: pelo menos isso eles tiveram mesmo que me deixar adivinhar, eu era daqueles que fariam mal o trabalho se ao menos não adivinhassem um pouco; fizeram-me esquecer o que me deixaram adivinhar, mas vagamente ficou-me a noção de que meu destino me ultrapassa, e de que sou instrumento do trabalho deles. Mas de qualquer modo era só instrumento que eu poderia ser, pois o trabalho não poderia ser mesmo meu. Já experimentei me estabelecer por conta própria e não deu certo; ficou-me até hoje essa mão trêmula. Tivesse eu insistido um pouco mais e teria perdido para sempre a saúde. Desde então, desde essa malograda experiência, procuro raciocinar deste modo: que já me foi dado muito, que eles já me concederam tudo o que pode ser concedido; e que outros agentes, muito superiores a mim, também trabalharam apenas para o que não sabiam. E com as mesmas pouquíssimas instruções. Já me foi dado muito; isto, por exemplo: uma vez ou outra, com o coração batendo pelo privilégio, eu pelo menos sei que não estou reconhecendo! com o coração batendo de emoção, eu pelo menos não compreendo! com o coração batendo de confiança, eu pelo menos não sei.

Mas e o ovo? Este é um dos subterfúgios deles: enquanto eu falava sobre o ovo, eu tinha esquecido do ovo. "Falai, falai", instruíram-me eles. E o ovo fica inteiramente protegido por tantas palavras. Falai muito, é uma das instruções, estou tão cansada.

Por devoção ao ovo, eu o esqueci. Meu necessário esquecimento. Meu interesseiro esquecimento. Pois o ovo é um esquivo. Diante de minha adoração possessiva ele poderia retrair-se e nunca mais voltar. Mas se ele for esquecido. Se eu fizer o sacrifício de viver apenas a minha vida e de esquecê-lo. Se o ovo for impossível. Então – livre, delicado, sem mensagem alguma para mim – talvez uma vez ainda ele se locomova do espaço até esta janela que desde sempre deixei aberta. E de madrugada baixe no nosso edifício. Sereno até a cozinha. Iluminando-a de minha palidez.

CEM ANOS DE PERDÃO

Quem nunca roubou não vai me entender. E quem nunca roubou rosas, então é que jamais poderá me entender. Eu, em pequena, roubava rosas.

Havia em Recife inúmeras ruas, as ruas dos ricos, ladeadas por palacetes que ficavam no centro de grandes jardins. Eu e uma amiguinha brincávamos muito de decidir a quem pertenciam os palacetes. "Aquele branco é meu." "Não, eu já disse que os brancos são meus." "Mas esse não é totalmente branco, tem janelas verdes." Parávamos às vezes longo tempo, a cara imprensada nas grades, olhando.

Começou assim. Numa das brincadeiras de "essa casa é minha", paramos diante de uma que parecia um pequeno castelo. No fundo via-se o imenso pomar. E, à frente, em canteiros bem ajardinados, estavam plantadas as flores.

Bem, mas isolada no seu canteiro estava uma rosa apenas entreaberta cor-de-rosa-vivo. Fiquei feito boba, olhando com admiração aquela rosa altaneira que nem mulher feita ainda não era. E então aconteceu: do fundo de meu coração, eu queria aquela rosa para mim. Eu queria, ah como eu queria. E não havia jeito de obtê-la. Se o jardineiro estivesse por ali, pediria a rosa, mesmo sabendo que ele nos expulsaria como se expulsam moleques. Não havia jardineiro à vista, ninguém. E as janelas, por causa do sol, estavam de venezianas fechadas. Era uma rua onde não passavam bondes e raro era o carro que aparecia. No meio do meu silêncio e do silêncio da rosa, havia o meu desejo de possuí-la como coisa só minha. Eu queria poder pegar nela. Queria cheirá-la até sentir a vista escura de tanta tonteira de perfume.

Então não pude mais. O plano se formou em mim instantaneamente, cheio de paixão. Mas, como boa realizadora que eu era, raciocinei friamente com minha amiguinha, explicando-lhe qual seria o seu papel: vigiar as janelas da casa ou a aproximação ainda possível do jardineiro, vigiar os transeuntes raros na rua. Enquanto isso, entreabri lentamente o portão de grades um pouco enferrujadas, contando já com o leve rangido. Entreabri somente o bastante para que meu esguio corpo de menina pudesse passar. E, pé ante pé, mas veloz, andava pelos pedregulhos que rodeavam os canteiros. Até chegar à rosa foi um século de coração batendo.

Eis-me afinal diante dela. Paro um instante, perigosamente, porque de perto ela ainda é mais linda. Finalmente começo a lhe quebrar o talo, arranhando-me com os espinhos, e chupando o sangue dos dedos.

E, de repente – ei-la toda na minha mão. A corrida de volta ao portão tinha também de ser sem barulho. Pelo portão que deixara entreaberto, passei segurando a rosa. E então nós duas pálidas, eu e a rosa, corremos literalmente para longe da casa.

O que é que fazia eu com a rosa? Fazia isso: ela era minha.

Levei-a para casa, coloquei-a num copo d'água, onde ficou soberana, de pétalas grossas e aveludadas, com vários entretons de rosa-chá. No centro dela a cor se concentrava mais e seu coração quase parecia vermelho.

Foi tão bom.

Foi tão bom que simplesmente passei a roubar rosas. O processo era sempre o mesmo: a menina vigiando, eu entrando, eu quebrando o talo e fugindo com a rosa na mão. Sempre com o coração batendo e sempre com aquela glória que ninguém me tirava.

Também roubava pitangas. Havia uma igreja presbiteriana perto de casa, rodeada por uma sebe verde, alta e tão densa que impossibilitava a visão da igreja. Nunca cheguei a vê-la, além de uma ponta de telhado. A sebe era de pitangueira. Mas pitangas são frutas que se escondem: eu não via nenhuma. Então, olhando antes para os lados para ver se ninguém vinha, eu metia a mão por entre as grades, mergulhava-a dentro da sebe e começava a apalpar até meus dedos sentirem o úmido da frutinha. Muitas vezes na minha pressa, eu esmagava uma pitanga madura demais com os dedos que ficavam como ensanguentados. Colhia várias que ia comendo ali mesmo, umas até verdes demais, que eu jogava fora.

Nunca ninguém soube. Não me arrependo: ladrão de rosas e de pitangas tem 100 anos de perdão. As pitangas, por exemplo, são elas mesmas que pedem para ser colhidas, em vez de amadurecer e morrer no galho, virgens.

A LEGIÃO ESTRANGEIRA

Se me perguntassem sobre Ofélia e seus pais, teria respondido com o decoro da honestidade: mal os conheci. Diante do mesmo júri ao qual responderia: mal me conheço – e para cada cara de jurado diria com o mesmo límpido olhar de quem se hipnotizou para a obediência: mal vos conheço. Mas às vezes acordo do longo sono e volto-me com docilidade para o delicado abismo da desordem.

Estou tentando falar sobre aquela família que sumiu há anos sem deixar traços em mim, e de quem me ficara apenas uma imagem esverdeada pela distância. Meu inesperado consentimento em saber foi hoje provocado pelo fato de ter aparecido em casa um pinto. Veio trazido por mão que queria ter o gosto de me dar coisa nascida. Ao desengradarmos o pinto, sua graça pegou-nos em flagrante. Amanhã é Natal, mas o momento de silêncio que espero o ano inteiro veio um dia antes de Cristo nascer. Coisa piando por si própria desperta a suavíssima curiosidade que junto de uma manjedoura é adoração. Ora, disse meu marido, e essa agora. Sentira-se grande demais. Sujos, de boca aberta, os meninos se aproximaram. Eu, um pouco ousada, fiquei feliz. O pinto, esse piava. Mas Natal é amanhã, disse acanhado o menino mais velho. Sorríamos desamparados, curiosos.

Mas sentimentos são água de um instante. Em breve – como a mesma água já é outra quando o sol a deixa muito leve, e já outra quando se enerva tentando morder uma pedra, e outra ainda no pé que mergulha – em breve já não tínhamos no rosto apenas aura e iluminação. Em torno do pinto aflito, estávamos bons e ansiosos. A meu marido, a bondade deixa ríspido e severo, ao que já nos habituamos; ele se crucifica um pouco. Nos meninos, que são mais graves, a bondade é um ardor. A mim, a bondade me intimida. Daí a pouco a mesma água era outra, e olhávamos contrafeitos, enredados na falta de habilidade de sermos bons. E, a água já outra, pouco a pouco tínhamos no rosto a responsabilidade de uma aspiração, o coração pesado de um amor que já não era mais livre. Também nos desajeitava o medo que o pinto tinha de nós; ali estávamos, e nenhum merecia comparecer a um pinto; a cada piar, ele nos espargia para fora. A cada piar, reduzia-nos a não fazer nada. A constância de seu pavor acusava-nos de uma alegria leviana que a essa hora nem alegria mais era, era amolação. Passara o instante do pinto, e ele, cada vez mais urgente, expulsava-nos sem nos largar. Nós, os adultos, já teríamos encerrado o sentimento. Mas nos meninos havia uma indignação silenciosa, e a acusação deles é que nada fazíamos pelo pinto ou pela humanidade. A nós, pai e mãe, o piar cada vez mais ininterrupto já nos levara a uma resignação constrangida: as coisas são assim mesmo. Só que nunca tínhamos contado isso aos meninos, tínhamos vergonha; e adiávamos indefinidamente o momento de chamá-los e falar claro que as coisas são assim. Cada vez ficava mais difícil, o silêncio crescia, e eles empurravam um pouco o afã com que queríamos lhes dar, em troca, amor. Se nunca havíamos conversado sobre as coisas, muito mais tivemos naquele instante que esconder deles o sorriso que terminou nos vindo com o pior desesperado daquele bico, um sorriso como se a nós coubesse abençoar o fato de as coisas serem assim mesmo, e tivéssemos acabado de abençoá-las.

O pinto, esse piava. Sobre a mesa envernizada ele não ousava um passo, um movimento, ele piava para dentro. Eu não sabia sequer onde cabia tanto terror numa coisa que era só penas. Penas encobrindo o quê? meia dúzia de ossos que se haviam reunido fracos para quê? para o piar de um terror. Em silêncio, em respeito à impossibilidade de nos compreendermos, em respeito à revolta dos meninos contra nós, em silêncio olhávamos sem muita paciência. Era impossível dar-lhe a palavra asseguradora que o fizesse não ter medo, consolar coisa que por ter nascido se espanta. Como prometer-lhe o hábito? Pai e mãe, sabíamos quão breve seria a vida do pinto. Também este sabia, do modo como as coisas vivas sabem: através do susto profundo.

E enquanto isso, o pinto cheio de graça, coisa breve e amarela. Eu queria que também ele sentisse a graça de sua vida, assim como já pediram de nós, ele que era a alegria dos outros, não a própria. Que sentisse que era gratuito, nem sequer necessário – um dos pintos tem que ser inútil – só nascera para a glória de Deus, então fosse a alegria dos homens. Mas era amar o nosso amor querer que o pinto fosse feliz somente porque o amávamos. Eu sabia também que só mãe resolve o nascimento, e o nosso era amor de quem se compraz em amar: eu me revolvia na graça de me ser dado amar, sinos, sinos repicavam porque sei adorar. Mas o pinto tremia, coisa de terror, não de beleza.

O menino menor não suportou mais:

– Você quer ser a mãe dele?

Eu disse que sim, em sobressalto. Eu era a enviada junto àquela coisa que não compreendia a minha única linguagem: eu estava amando sem ser amada. A missão era falível, e os olhos de quatro meninos aguardavam com a intransigência da esperança o meu primeiro gesto de amor eficaz. Recuei um pouco, sorrindo toda solitária, olhei para minha família, queria que eles sorrissem. Um homem e quatro meninos me fitavam, incrédulos e confiantes. Eu era a mulher da casa, o celeiro. Por que a impassibilidade dos cinco, não entendi. Quantas vezes teria eu falhado para que, na minha hora de timidez, eles me olhassem. Tentei isolar-me do desafio dos cinco homens para também eu esperar de mim e lembrar-me de como é o amor. Abri a boca, ia dizer-lhes a verdade: não sei como.

Mas se me viesse de noite uma mulher. Se ela segurasse no colo o filho. E dissesse: cure meu filho. Eu diria: como é que se faz? Ela responderia: cure meu filho. Eu diria: também não sei. Ela responderia: cure meu filho. Então – então porque não sei fazer nada e porque não me lembro de nada e porque é de noite – então estendo a mão e salvo uma criança. Porque é de noite, porque estou sozinha na noite de outra pessoa, porque este silêncio é muito grande para mim, porque tenho duas mãos para sacrificar a melhor delas e porque não tenho escolha.

Então estendi a mão e peguei o pinto.

Foi nesse instante que revi Ofélia. E nesse instante lembrei-me de que fora a testemunha de uma menina.

Mais tarde lembrei-me de como a vizinha, mãe de Ofélia, era trigueira como uma hindu. Tinha olheiras arroxeadas que a embelezavam muito e davam-lhe um ar fatigado que fazia os homens a olharem uma segunda vez. Um dia, no banco da praça, enquanto as crianças brincavam, ela me dissera com aquela sua cabeça obstinada de quem olha para o deserto: "Sempre quis tirar um curso de enfeitar bolos." Lembrei-me de que o marido – trigueiro também, como se se tivessem escolhido pela secura da cor – queria subir na vida através de seu ramo de negócios: gerência de hotéis ou dono mesmo, nunca entendi bem. O que lhe dava uma dura polidez. Quando éramos forçados no elevador a contato mais prolongado, ele aceitava a troca de palavras num tom de arrogância que trazia de lutas maiores. Até chegarmos ao décimo andar, a humildade a que sua frieza me forçara já o amansara um pouco; talvez chegasse em casa mais bem servido. Quanto à mãe de Ofélia, ela temia que à força de morarmos no mesmo andar houvesse intimidade e, sem saber que também eu me resguardava, evitava-me. A única intimidade fora a do banco do jardim, onde, com olheiras e boca fina, falara sobre enfeitar bolos. Eu não soubera o que retrucar e terminara dizendo para que soubesse que eu gostava dela, que o curso dos bolos me agradaria. Esse único momento mútuo afastara-nos ainda mais, por receio de um abuso de compreensão. A mãe de Ofélia chegara mesmo a ser grosseira no elevador: no dia seguinte eu estava com um dos meninos pela mão, o elevador descia devagar, e eu, opressa pelo silêncio que, à outra, fortificava – dissera num tom de agrado que no mesmo instante também a mim repugnara:

– Estamos indo para a casa da avó dele.

E ela, para meu espanto:

– Não perguntei nada, nunca me meto na vida dos vizinhos.

– Ora, disse eu baixo.

O que, ali mesmo no elevador, me fizera pensar que eu estava pagando por ter sido sua confidente de um minuto no banco do jardim. O que, por sua vez, me fizera pensar que ela talvez julgasse me ter confiado mais do que na realidade confiara. O que, por sua vez, me fizera pensar se na verdade ela não me dissera mais do que nós duas percebêramos. Enquanto o elevador continuava a descer e parar, eu reconstituíra seu ar insistente e sonhador no banco do jardim – e olhara com olhos novos para a beleza altaneira da mãe de Ofélia. "Não contarei a ninguém que você quer enfeitar bolos", pensei olhando-a rapidamente.

O pai agressivo, a mãe se guardando. Família soberba. Tratavam-me como se eu já morasse no futuro hotel deles e ofendesse-os com o pagamento que exigiam. Sobretudo tratavam-me como se nem eu acreditasse, nem eles pudessem provar quem eles eram. E quem eram eles? indagava-me às vezes. Por que a bofetada que estava impressa no rosto deles, por que a dinastia exilada? E tanto não me perdoavam que eu agia não perdoada: se os encontrava na rua, fora do setor que me era circunscrito, sobressaltava-me, surpreendida em delito: recuava para eles passarem, dava-lhes a vez – os três trigueiros e bem-vestidos passavam como se fossem à missa, aquela família que vivia sob o signo de um orgulho ou de um martírio oculto, arroxeados como flores da Paixão. Família antiga, aquela.

Mas o contato se fez através da filha. Era uma menina belíssima, com longos cachos duros, Ofélia, com olheiras iguais às da mãe, as mesmas gengivas um pouco roxas, a mesma boca fina de quem se cortou. Mas essa, a boca, falava. Deu para aparecer em casa. Tocava a campainha, eu abria a portinhola, não via nada, ouvia uma voz decidida:

– Sou eu, Ofélia Maria dos Santos Aguiar.

Desanimada, eu abria a porta. Ofélia entrava. A visita era para mim, meus dois meninos daquele tempo eram pequenos demais para sua sabedoria pausada. Eu era grande e ocupada, mas era para mim a visita: com uma atenção toda interior, como se para tudo houvesse um tempo, levantava com cuidado a saia de babados, sentava-se, ajeitava os babados – e só então me olhava. Eu, que então copiava o arquivo do escritório, eu trabalhava e ouvia. Ofélia, ela dava-me conselhos. Tinha opinião formada a respeito de tudo. Tudo o que eu fazia era um pouco errado, na sua opinião. Dizia "na minha opinião" em tom ressentido, como se eu lhe devesse ter pedido conselhos e, já que eu não pedia, ela dava. Com seus 8 anos altivos e bem vividos, dizia que na sua opinião eu não criava bem os meninos; pois meninos quando se dá a mão querem subir na cabeça. Banana não se mistura com leite. Mata. Mas é claro a senhora faz o que quiser; cada um sabe de si. Não era mais hora de estar de robe; sua mãe mudava de roupa logo que saía da cama, mas cada um termina levando a vida que quer. Se eu explicava que era porque ainda não tomara banho, Ofélia ficava quieta, olhando-me atenta. Com alguma suavidade, então, com alguma paciência, acrescentava que não era hora de ainda não ter tomado banho. Nunca era minha a última palavra. Que última palavra poderia eu dar quando ela me dizia: empada de legume não tem tampa. Uma tarde numa padaria vi-me inesperadamente diante da verdade inútil: lá estava sem tampa uma fila de empadas de legumes. "Mas eu lhe avisei", ouvi-a como se ela estivesse presente. Com seus cachos e babados, com sua delicadeza firme, era uma visitação na sala ainda desarrumada. O que valia é que dizia muita tolice também, o que, no meu desalento, me fazia sorrir desesperada.

    A pior parte da visitação era a do silêncio. Eu erguia os olhos da máquina, e não saberia há quanto tempo Ofélia me olhava em silêncio. O que em mim pode atrair essa menina? exasperava-me eu. Uma vez, depois de seu longo silêncio, dissera-me tranquila: a senhora é esquisita. E eu, atingida em cheio no rosto sem cobertura – logo no rosto que sendo o nosso avesso é coisa tão sensível – eu, atingida em cheio, pensara com raiva: pois vai ver que é esse esquisito mesmo que você procura. Ela que estava toda coberta, e tinha mãe coberta, e pai coberto.

Eu ainda preferia, pois, conselho e crítica. Já menos tolerável era o seu hábito de usar a palavra *portanto* com que ligava as frases numa concatenação que não falhava. Dissera-me que eu comprara legumes demais na feira – portanto – não iam caber na geladeira pequena e – portanto – murchariam antes da próxima feira. Dias depois eu olhava os legumes murchos. Portanto, sim. Outra vez vira menos legumes espalhados pela mesa da cozinha, eu que disfarçadamente obedecera. Ofélia olhara, olhara. Parecia prestes a não dizer nada. Eu esperava de pé, agressiva, muda. Ofélia dissera sem nenhuma ênfase:

– É pouco até a feira que vem.

Os legumes acabaram pelo meio da semana. Como é que ela sabe? perguntava-me eu curiosa. "Portanto" seria a resposta talvez. Por que eu nunca, nunca sabia? Por que sabia ela de tudo, por que era a terra tão familiar a ela, e eu sem cobertura? Portanto? Portanto.

Uma vez Ofélia errou. Geografia – disse sentada defronte a mim com os dedos cruzados no colo – é um modo de estudar. Não chegava a ser erro, era mais um leve estrabismo de pensamento – mas para mim teve a graça de uma queda, e antes que o instante passasse, eu por dentro lhe disse: é assim mesmo que se faz, isso! vá devagar assim, e um dia vai ser mais fácil ou mais difícil para você, mas é assim, vá errando, bem, bem devagar.

Uma manhã, no meio de sua conversa, avisou-me autoritária: "Vou em casa ver uma coisa mas volto logo." Arrisquei: "Se você está muito ocupada, não precisa voltar." Ofélia olhou-me muda, inquisitiva. "Existe uma menina muito antipática", pensei bem claro para que ela visse a frase toda exposta no meu rosto. Ela sustentou o olhar. O olhar onde – com surpresa e desolação – vi fidelidade paciente, confiança em mim e o silêncio de quem nunca falou. Quando é que eu lhe jogara um osso para que ela me seguisse muda pelo resto da vida? Desviei os olhos. Ela suspirou tranquila. E disse com maior decisão ainda: "Volto logo." Que é que ela quer? – agitei-me – por que atraio pessoas que nem sequer gostam de mim?

Uma vez, quando Ofélia estava sentada, tocaram a campainha. Fui abrir e deparei com a mãe de Ofélia. Vinha protetora, exigente:

– Por acaso Ofélia Maria está aí?

– Está, escusei-me como se a tivesse raptado.

– Não faça mais isso, disse ela para Ofélia num tom que me era dirigido; depois voltou-se para mim e, subitamente ofendida: Desculpe o incômodo.

– Nem pense nisso, essa menina é tão inteligente.

A mãe olhou-me em leve surpresa – mas a suspeita passou-lhe pelos olhos. E neles eu li: que é que você quer dela?

– Já proibi Ofélia Maria de incomodar a senhora, disse agora em desconfiança aberta. E segurando firme a mão da menina para levá-la, parecia defendê-la contra mim. Com uma sensação de decadência, espiei pela portinhola entreaberta sem ruídos: lá iam as duas pelo corredor que levava ao apartamento delas, a mãe abrigando a filha com murmúrios de repreensão amorosa, a filha impassível a fremir cachos e babados. Ao fechar a portinhola percebi que ainda não mudara de roupa e, portanto, assim fora vista pela mãe que mudava de roupa ao sair da cama. Pensei com alguma desenvoltura: bem, agora a mãe me despreza, portanto estou livre de a menina voltar.

Mas voltava, sim. Eu era atraente demais para aquela criança. Tinha defeitos bastantes para seus conselhos, era terreno para o desenvolvimento de sua severidade, já me tornara o domínio daquela minha escrava: ela voltava, sim, levantava os babados, sentava-se.

Por essa ocasião, sendo perto da Páscoa, a feira estava cheia de pintos, e eu trouxe um para os meninos. Brincamos, depois ele ficou pela cozinha, os meninos pela rua. Mais tarde Ofélia aparecia para a visita. Eu batia a máquina, de vez em quando aquiescia distraída. A voz igual da menina, voz de quem fala de cor, me entontecia um pouco, entrava por entre as palavras escritas; ela dizia, ela dizia.

Foi quando me pareceu que de repente tudo parara. Sentindo falta do suplício, olhei-a enevoada. Ofélia Maria estava de cabeça a prumo, com os cachos inteiramente imobilizados.

– Que é isso, disse.
– Isso o quê?
– Isso! disse inflexível.
– Isso?

Ficaríamos indefinidamente numa roda de "isso?" e "isso!", não fosse a força excepcional daquela criança, que, sem uma palavra, apenas com a extrema autoridade do olhar, me obrigasse a ouvir o que ela própria ouvia. No silêncio da atenção a que ela me forçara, ouvi finalmente o fraco piar do pinto na cozinha.

– É o pinto.
– Pinto? disse desconfiadíssima.
– Comprei um pinto, respondi resignada.
– Pinto! repetiu como se eu a tivesse insultado.
– Pinto.

E nisso ficaríamos. Não fosse certa coisa que vi e que antes nunca vira.

O que era? Mas, o que fosse, não estava mais ali. Um pinto faiscara um segundo em seus olhos e neles submergira para nunca ter existido. E a sombra se fizera. Uma sombra profunda cobrindo a terra. Do instante em que involuntariamente sua boca estremecendo quase pensara "eu também quero", desse instante a escuridão se adensara no fundo dos olhos num desejo retrátil que, se tocassem, mais se fecharia como folha de dormideira. E que recuava diante do impossível, o impossível que se aproximara e, em tentação, fora quase dela: o escuro dos olhos vacilou como um ouro. Uma astúcia passou-lhe então pelo rosto – se eu não estivesse ali, por astúcia, ela roubaria qualquer coisa. Nos olhos que pestanejaram à dissimulada sagacidade, nos olhos a grande tendência à rapina. Olhou-me rápida, e era a inveja, você tem tudo, e a censura, porque não somos a mesma e eu terei um pinto, e a cobiça – ela me queria para ela. Devagar fui me reclinando no espaldar da cadeira, sua inveja que desnudava minha pobreza, e deixava minha pobreza pensativa; não estivesse eu ali, e ela roubava minha pobreza também; ela queria tudo. Depois que o tremor da cobiça passou, o escuro dos olhos sofreu todo: não era somente a um rosto sem cobertura que eu a expunha, agora eu a expusera ao melhor do mundo: a um pinto. Sem me verem, seus olhos quentes me fitavam numa abstração intensa que se punha em íntimo contato com minha intimidade. Alguma coisa acontecia que eu não conseguia entender a olho nu. E de novo o desejo voltou. Dessa vez os olhos se angustiaram como se nada pudessem fazer com o resto do corpo que se desprendia independente. E mais se alargavam, espantados com o esforço físico da decomposição que dentro dela se fazia. A boca delicada ficou um pouco infantil, de um roxo pisado. Olhou para o teto – as olheiras davam-lhe um ar de martírio supremo. Sem me mexer, eu a olhava. Eu sabia de grande incidência de mortalidade infantil. Nela a grande pergunta me envolvia: vale a pena? Não sei, disse-lhe minha quietude cada vez maior, mas é assim. Ali, diante de meu silêncio, ela estava se dando ao pro-cesso, e se me perguntava a grande pergunta, tinha que ficar sem resposta. Tinha que se dar – por nada. Teria que ser. E por nada. Ela se agarrava em si, não querendo. Mas eu esperava. Eu sabia que nós somos aquilo que tem de acontecer. Eu só podia servir-lhe a ela de silêncio. E, deslumbrada de desentendimento, ouvia bater dentro de mim um coração que não era o meu. Diante de meus olhos fascinados, ali diante de mim, como um ectoplasma, ela estava se transformando em criança.

Não sem dor. Em silêncio eu via a dor de sua alegria difícil. A lenta cólica de um caracol. Ela passou devagar a língua pelos lábios finos. (Me ajuda, disse seu corpo na bipartição penosa. Estou ajudando, respondeu minha imobilidade.) A agonia lenta. Ela estava engrossando toda, a deformar-se com lentidão. Por momentos os olhos tornavam-se puros cílios, numa avidez de ovo. E a boca de uma fome trêmula. Quase sorria então, como se estendida numa mesa de operação dissesse que não estava doendo tanto. Ela não me perdia de vista: havia marcas de pés que ela não via, por ali alguém já tinha andado, e ela adivinhava que eu tinha andado muito. Mais e mais se deformava, quase idêntica a si mesma. Arrisco? deixo eu sentir?, perguntava-se nela. Sim, respondeu-se por mim.

E o meu primeiro sim embriagou-me. Sim, repetiu meu silêncio para o dela, sim. Como na hora de meu filho nascer eu lhe dissera: sim. Eu tinha a ousadia de dizer sim a Ofélia, eu que sabia que também se morre em criança sem ninguém perceber. Sim, repeti embriagada, porque o perigo maior não existe: quando se vai, se vai junto, você mesma sempre estará; isso, isso você levará consigo para o que for ser.

A agonia de seu nascimento. Até então eu nunca vira a coragem. A coragem de ser o outro que se é, a de nascer do próprio parto, e de largar no chão o corpo antigo. E sem lhe terem respondido se valia a pena. "Eu", tentava dizer seu corpo molhado pelas águas. Suas núpcias consigo mesma.

Ofélia perguntou devagar, com recato pelo que lhe acontecia:

– É um pinto?

Não olhei para ela.

– É um pinto, sim.

Da cozinha vinha o fraco piar. Ficamos em silêncio como se Jesus tivesse nascido. Ofélia respirava, respirava.

– Um pintinho? certificou-se em dúvida.

– Um pintinho, sim, disse eu guiando-a com cuidado para a vida.

– Ah, um pintinho, disse meditando.

– Um pintinho, disse eu sem brutalizá-la.

Já há alguns minutos eu me achava diante de uma criança. Fizera-se a metamorfose.

– Ele está na cozinha.

– Na cozinha? repetiu fazendo-se de desentendida.

– Na cozinha, repeti pela primeira vez autoritária, sem acrescentar mais nada.

– Ah, na cozinha, disse Ofélia muito fingida, e olhou para o teto.

Mas ela sofria. Com alguma vergonha notei afinal que estava me vingando. A outra sofria, fingia, olhava para o teto. A boca, as olheiras.

– Você pode ir pra cozinha brincar com o pintinho.

– Eu...? perguntou sonsa.

– Mas só se você quiser.

Sei que deveria ter mandado, para não expô-la à humilhação de querer tanto. Sei que não lhe deveria ter dado a escolha, e então ela teria a desculpa de que fora obrigada a obedecer. Mas naquele momento não era por vingança que eu lhe dava o tormento da liberdade. É que aquele passo, também aquele passo ela deveria dar sozinha. Sozinha e agora. Ela é que teria de ir à montanha. Por que – confundia-me eu – por que estou tentando soprar minha vida na sua boca roxa? por que estou lhe dando uma respiração? como ouso respirar dentro dela, se eu mesma... – somente para que ela ande, estou lhe dando os passos penosos? sopro-lhe minha vida só para que um dia, exausta, ela por um instante sinta como se a montanha tivesse caminhado até ela?

Teria eu o direito. Mas não tinha escolha. Era uma emergência como se os lábios da menina estivessem cada vez mais roxos.

– Só vá ver o pintinho se você quiser, repeti então com a extrema dureza de quem salva.

Ficamos nos defrontando, dessemelhantes, corpo separado de corpo; somente a hostilidade nos unia. Eu estava seca e inerte na cadeira para que a menina se fizesse por dentro de outro ser, firme para que ela lutasse dentro de mim; cada vez mais forte à medida que Ofélia precisasse me odiar e precisasse que eu resistisse ao sofrimento de seu ódio. Não posso viver isso por você – disse-lhe minha frieza. Sua luta se fazia cada vez mais próxima e em mim, como se aquele indivíduo que nascera extraordinariamente dotado de força estivesse bebendo de minha fraqueza. Ao me usar ela me machucava com sua força; ela me arranhava ao tentar agarrar-se às minhas paredes lisas. Afinal sua voz soou em baixa e lenta raiva:

– Pois vou ver o pinto na cozinha.

– Vá sim, disse eu devagar.

Retirou-se pausada, procurava manter a dignidade das costas.

Da cozinha voltou imediatamente – estava espantada, sem pudor, mostrando na mão o pinto, e numa perplexidade que me indagava toda com os olhos:

– É um pintinho! disse.

Olhou-o na mão que se estendia, olhou-me, olhou de novo a mão – e de súbito encheu-se de um nervoso e de uma preocupação que me envolveram automaticamente em nervoso e preocupação.

– Mas é um pintinho! disse, e imediatamente a censura passou-lhe pelos olhos como se eu não lhe tivesse dito quem piava.

Ri. Ofélia olhou-me, ultrajada. E de repente – de repente riu. Ambas então rimos, um pouco agudas.

Depois que rimos, Ofélia pôs o pinto no chão para andar. Se ele corria, ela ia atrás, parecia só deixá-lo autônomo para sentir saudade; mas se ele se encolhia, pressurosa ela o protegia, com pena de ele estar sob o seu domínio, "coitado dele, ele é meu"; e quando o segurava, era com mão torta pela delicadeza – era o amor, sim, o tortuoso amor. Ele é muito pequeno, portanto precisa é de muito trato, a gente não pode fazer carinho porque tem os perigos mesmo; não deixe pegarem nele à toa, a senhora faz o que quiser, mas milho é grande demais para o biquinho aberto dele; porque ele é molezinho, coitado, tão novo, portanto a senhora não pode deixar seus filhos fazerem carinho nele; só eu sei que carinho ele gosta; ele escorrega à toa, portanto chão de cozinha não é lugar para pintinho.

Há muito tempo eu tentava de novo bater a máquina procurando recuperar o tempo perdido e Ofélia me embalando, e aos poucos falando só para o pintinho, e amando de amor. Pela primeira vez me largara, ela não era mais eu. Olhei-a, toda de ouro que ela estava, e o pinto todo de ouro, e os dois zumbiam como roca e fuso. Também minha liberdade afinal, e sem ruptura; adeus, e eu sorria de saudade.

Muito depois percebi que era comigo que Ofélia falava.

– Acho... acho que vou botar ele na cozinha.

– Pois vá.

Não vi quando foi, não vi quando voltou. Em algum momento, por acaso e distraída, senti há quanto tempo havia silêncio. Olhei-a um instante. Estava sentada, de dedos cruzados no colo. Sem saber exatamente por quê, olhei-a uma segunda vez:

– Que é?

– Eu...?

– Está sentindo alguma coisa?

– Eu...?
– Quer ir no banheiro?
– Eu...?
Desisti, voltei à máquina. Algum tempo depois ouvi a voz:
– Vou ter que ir para casa.
– Está certo.
– Se a senhora deixar.
Olhei-a em surpresa:
– Ora, se você quiser...
– Então, disse, então eu vou.
Foi andando devagar, cerrou a porta sem ruído. Fiquei olhando a porta fechada. Esquisita é você, pensei. Voltei ao trabalho.

Mas não conseguia sair da mesma frase. Bem – pensei impaciente olhando o relógio – e agora o que é? Fiquei me indagando sem gosto, procurando em mim mesma o que poderia estar me interrompendo. Quando já desistia, revi uma cara extremamente quieta: Ofélia. Menos que uma ideia passou-me então pela cabeça e, ao inesperado, esta se inclinou para ouvir melhor o que eu sentia. Devagar empurrei a máquina. Relutante fui afastando devagar as cadeiras do caminho. Até parar devagar à porta da cozinha. No chão estava o pinto morto. Ofélia! chamei num impulso pela menina fugida.

A uma distância infinita eu via o chão. Ofélia, tentei eu inutilmente atingir à distância o coração da menina calada. Oh, não se assuste muito! às vezes a gente mata por amor, mas juro que um dia a gente esquece, juro! a gente não ama bem, ouça, repeti como se pudesse alcançá-la antes que, desistindo de servir ao verdadeiro, ela fosse altivamente servir ao nada. Eu que não me lembrara de lhe avisar que sem o medo havia o mundo. Mas juro que isso é a respiração. Eu estava muito cansada, sentei-me no banco da cozinha.

Onde agora estou, batendo devagar o bolo de amanhã. Sentada, como se durante todos esses anos eu tivesse com paciência esperado na cozinha. Embaixo da mesa, estremece o pinto de hoje. O amarelo é o mesmo, o bico é o mesmo. Como na Páscoa nos é prometido, em dezembro ele volta. Ofélia é que não voltou: cresceu. Foi ser a princesa hindu por quem no deserto sua tribo esperava.

OS OBEDIENTES

trata-se de uma situação simples, um fato a contar e esquecer.

Mas se alguém comete a imprudência de parar um instante a mais do que deveria, um pé afunda dentro e fica-se comprometido. Desde esse instante em que também nós nos arriscamos, já não se trata mais de um fato a contar, começam a faltar as palavras que não o trairiam. A essa altura, afundados demais, o fato deixou de ser um fato para se tornar apenas a sua difusa repercussão. Que, se for retardada demais, vem um dia explodir como nesta tarde de domingo, quando há semanas não chove e quando, como hoje, a beleza ressecada persiste embora em beleza. Diante da qual assumo uma gravidade como diante de um túmulo. A essa altura, por onde anda o fato inicial? ele se tornou esta tarde. Sem saber como lidar com ela, hesito em ser agressiva ou recolher-me um pouco ferida. O fato inicial está suspenso na poeira ensolarada deste domingo – até que me chamam ao telefone e num salto vou lamber grata a mão de quem me ama e me liberta.

Cronologicamente a situação era a seguinte: um homem e uma mulher estavam casados.

Já em constatar este fato, meu pé afundou dentro. Fui obrigada a pensar em alguma coisa. Mesmo que eu nada mais dissesse, e encerrasse a história com esta constatação, já me teria comprometido com os meus mais desconhecíveis pensamentos. Já seria como se eu tivesse visto, risco negro sobre fundo branco, um homem e uma mulher. E nesse fundo branco meus olhos se fixariam já tendo bastante o que ver, pois toda palavra tem a sua sombra.

Esse homem e essa mulher começaram – sem nenhum objetivo de ir longe demais, e não se sabe levados por que necessidade que pessoas têm – começaram a tentar viver mais intensamente. À procura do destino que nos precede? e ao qual o instinto quer nos levar? instinto?!

A tentativa de viver mais intensamente levou-os, por sua vez, numa espécie de constante verificação de receita e despesa, a tentar pesar o que era e o que não era importante. Isso eles o faziam a modo deles: com falta de jeito e de experiência, com modéstia. Eles tateavam. Num vício por ambos descoberto tarde demais na vida, cada qual pelo seu lado tentava continuamente distinguir o que era do que não era essencial, isto é, eles nunca usariam a palavra *essencial*, que não pertencia a seu ambiente. Mas de nada adiantava o vago esforço quase constrangido que faziam: a trama lhes escapava diariamente. Só, por exemplo, olhando para o dia passado é que tinham a impressão de ter – de algum modo e por assim dizer à revelia deles, e por isso sem mérito – a impressão de ter vivido. Mas então era de noite, eles calçavam os chinelos e era de noite.

Isso tudo não chegava a formar uma situação para o casal. Quer dizer, algo que cada um pudesse contar mesmo a si próprio na hora em que cada um se virava na cama para um lado e, por um segundo antes de dormir, ficava de olhos abertos. E pessoas precisam tanto poder contar a história delas mesmas. Eles não tinham o que contar. Com um suspiro de conforto, fechavam os olhos e dormiam agitados. E quando faziam o balanço de suas vidas, nem ao menos podiam nele incluir essa tentativa de viver mais intensamente, e descontá-la, como em imposto de renda. Balanço que pouco a pouco começavam a fazer com maior frequência, mesmo sem o equipamento técnico de uma terminologia adequada a pensamentos. Se se tratava de uma situação, não chegava a ser uma situação de que viver ostensivamente.

Mas não era apenas assim que sucedia. Na verdade também estavam calmos porque "não conduzir", "não inventar", "não errar" lhes era, muito mais que um hábito, um ponto de honra assumido tacitamente. Eles nunca se lembrariam de desobedecer.

Tinham a compenetração briosa que lhes viera da consciência nobre de serem duas pessoas entre milhões iguais. "Ser um igual" fora o papel que lhes coubera, e a tarefa a eles entregue. Os dois, condecorados, graves, correspondiam grata e civicamente à confiança que os iguais haviam depositado neles. Pertenciam a uma casta. O papel que cumpriam, com certa emoção e com dignidade, era o de pessoas anônimas, o de filhos de Deus, como num clube de pessoas.

Talvez apenas devido à passagem insistente do tempo tudo isso começara, porém, a se tornar diário, diário, diário. Às vezes arfante. (Tanto o homem como a mulher já tinham iniciado a idade crítica.) Eles abriam as janelas e diziam que fazia muito calor. Sem que vivessem propriamente no tédio, era como se nunca lhes mandassem notícias. O tédio, aliás, fazia parte de uma vida de sentimentos honestos.

Mas, enfim, como isso tudo não lhes era compreensível, e achava-se muitos e muitos pontos acima deles, e se fosse expresso em palavras eles não o reconheceriam – tudo isso, reunido e considerado já como passado, assemelhava-se à vida irremediável. À qual eles se submetiam com um silêncio de multidão e com o ar um pouco magoado que têm os homens de boa vontade. Assemelhava-se à vida irremediável para a qual Deus nos quis.

Vida irremediável, mas não concreta. Na verdade era uma vida de sonho. Às vezes, quando falavam de alguém excêntrico, diziam com a benevolência que uma classe tem por outra: "Ah, esse leva uma vida de poeta." Pode-se talvez dizer, aproveitando as poucas palavras que se conheceram do casal, pode-se dizer que ambos levavam, menos a extravagância, uma vida de mau poeta: vida de sonho.

Não, não é verdade. Não era uma vida de sonho, pois este jamais os orientara. Mas de irrealidade. Embora houvesse momentos em que de repente, por um motivo ou por outro, eles afundassem na realidade. E então lhes parecia ter tocado num fundo de onde ninguém pode passar.

Como, por exemplo, quando o marido voltava para casa mais cedo do que de hábito e a esposa ainda não havia regressado de alguma compra ou visita. Para o marido interrompia-se então uma corrente. Ele se sentava cuidadoso para ler o jornal, dentro de um silêncio tão calado que mesmo uma pessoa morta ao lado quebraria. Ele fingindo com severa honestidade uma atenção minuciosa ao jornal, os ouvidos atentos. Nesse momento é que o marido tocava no fundo com pés surpreendidos. Não poderia permanecer muito tempo assim, sem risco de afogar-se, pois tocar no fundo também significa ter a água acima da cabeça. Eram assim os seus momentos concretos. O que fazia com que ele, lógico e sensato, se safasse depressa. Safava-se depressa, embora curiosamente a contragosto, pois a ausência da esposa era uma tal promessa de prazer perigoso que ele experimentava o que seria a desobediência. Safava-se a contragosto mas sem discutir, obedecendo ao que dele esperavam. Não era um desertor que traísse a confiança dos outros. Além do mais, se esta é que era a realidade, não havia como viver nela ou dela.

A esposa, esta tocava na realidade com mais frequência, pois tinha mais lazer e menos ao que chamar de fatos, assim como colegas de trabalho, ônibus cheio, palavras administrativas. Sentava-se para emendar roupa, e pouco a pouco vinha vindo a realidade. Era intolerável enquanto durava a sensação de estar sentada a emendar roupa. O modo súbito do ponto cair no *i*, essa maneira de caber inteiramente no que existia e de tudo ficar tão nitidamente aquilo mesmo – era intolerável. Mas, quando passava, era como se a esposa tivesse bebido de um futuro possível. Aos poucos o futuro dessa mulher passou a se tornar algo que ela trazia para o presente, alguma coisa meditativa e secreta.

Era surpreendente de como os dois não eram tocados, por exemplo, pela política, pela mudança de governo, pela evolução de um modo geral, embora também falassem às vezes a respeito, como todo o mundo. Na verdade eram pessoas tão reservadas que se surpreenderiam, lisonjeadas, se alguma vez lhes dissessem que eram reservadas. Nunca lhes ocorreria que se chamava assim. Talvez entendessem mais se lhes dissessem: "vocês simbolizam a nossa reserva militar." Deles alguns conhecidos disseram, depois que tudo sucedeu: eram boa gente. E nada mais havia a dizer, pois que o eram.

Nada mais havia a dizer. Faltava-lhes o peso de um erro grave, que tantas vezes é o que abre por acaso uma porta. Alguma vez eles tinham levado muito a sério alguma coisa. Eles eram obedientes.

Também não apenas por submissão: como num soneto, era obediência por amor à simetria. A simetria lhes era a arte possível.

Como foi que cada um deles chegou à conclusão de que, sozinho, sem o outro, viveria mais – seria caminho longo para se reconstruir, e de inútil trabalho, pois de vários cantos muitos já chegaram ao mesmo ponto.

A esposa, sob a fantasia contínua, não só chegou temerariamente a essa conclusão como esta transformou sua vida em mais alargada e perplexa, em mais rica, e até supersticiosa. Cada coisa parecia o sinal de outra coisa, tudo era simbólico, e mesmo um pouco espírita dentro do que o catolicismo permitiria. Não só ela passou temerariamente a isso como – provocada exclusivamente pelo fato de ser mulher – passou a pensar que um outro homem a salvaria. O que não chegava a ser um absurdo. Ela sabia que não era. Ter meia razão a confundia, mergulhava-a em meditação.

O marido, influenciado pelo ambiente de masculinidade aflita em que vivia, e pela sua própria, que era tímida mas efetiva, começou a pensar que muitas aventuras amorosas seriam a vida.

Sonhadores, eles passaram a sofrer sonhadores, era heroico suportar. Calados quanto ao entrevisto por cada um, discordando quanto à hora mais conveniente de jantar, um servindo de sacrifício para o outro, amor é sacrifício.

Assim chegamos ao dia em que, há muito tragada pelo sonho, a mulher, tendo dado uma mordida numa maçã, sentiu quebrar-se um dente da frente. Com a maçã ainda na mão e olhando-se perto demais no espelho do banheiro – e deste modo perdendo de todo a perspectiva – viu uma cara pálida, de meia-idade, com um dente quebrado, e os próprios olhos... tocando o fundo, e com a água já pelo pescoço, com cinquenta e tantos anos, sem um bilhete, em vez de ir ao dentista, jogou-se pela janela do apartamento, pessoa pela qual tanta gratidão se poderia sentir, reserva militar e sustentáculo de nossa desobediência.

Quanto a ele, uma vez seco o leito do rio e sem nenhuma água que o afogasse, ele andava sobre o fundo sem olhar para o chão, expedito como se usasse bengala. Seco inesperadamente o leito do rio, andava perplexo e sem perigo sobre o fundo com uma lepidez de quem vai cair de bruços mais adiante.

A REPARTIÇÃO DOS PÃES

Era sábado e estávamos convidados para o almoço de obrigação. Mas cada um de nós gostava demais de sábado para gastá-lo com quem não queríamos. Cada um fora alguma vez feliz e ficara com a marca do desejo. Eu, eu queria tudo. E nós ali presos, como se nosso trem tivesse descarrilado e fôssemos obrigados a pousar entre estranhos. Ninguém ali me queria, eu não queria a ninguém. Quanto a meu sábado – que fora da janela se balançava em acácias e sombras – eu preferia, a gastá-lo mal, fechá-lo na mão dura, onde eu o amarfanhava como a um lenço. À espera do almoço, bebíamos sem prazer, à saúde do ressentimento: amanhã já seria domingo. Não é com você que eu quero, dizia nosso olhar sem umidade, e soprávamos devagar a fumaça do cigarro seco. A avareza de não repartir o sábado ia pouco a pouco roendo e avançando como ferrugem, até que qualquer alegria seria um insulto à alegria maior.

Só a dona da casa não parecia economizar o sábado para usá-lo numa quinta de noite. Ela, no entanto, cujo coração já conhecera outros sábados. Como pudera esquecer que se quer mais e mais? Não se impacientava sequer com o grupo heterogêneo, sonhador e resignado que na sua casa só esperava como pela hora do primeiro trem partir, qualquer trem – menos ficar naquela estação vazia, menos ter que refrear o cavalo que correria de coração batendo para outros, outros cavalos.

Passamos afinal à sala para um almoço que não tinha a bênção da fome. E foi quando surpreendidos deparamos com a mesa. Não podia ser para nós...

Era uma mesa para homens de boa vontade. Quem seria o conviva realmente esperado e que não viera? Mas éramos nós mesmos. Então aquela mulher dava o melhor não importava a quem? E lavava contente os pés do primeiro estrangeiro. Constrangidos, olhávamos.

A mesa fora coberta por uma solene abundância. Sobre a toalha branca amontoavam-se espigas de trigo. E maçãs vermelhas, enormes cenouras amarelas, redondos tomates de pele quase estalando, chuchus de um verde líquido, abacaxis malignos na sua selvageria, laranjas alaranjadas e calmas, maxixes eriçados como porcos-espinhos, pepinos que se fechavam duros sobre a própria carne aquosa, pimentões ocos e avermelhados que ardiam nos olhos – tudo emaranhado em barbas e barbas úmidas de milho, ruivas como junto de uma boca. E os bagos de uva. As mais roxas das uvas pretas e que mal podiam esperar pelo instante de serem esmagadas. E não lhes importava esmagadas por quem. Os tomates eram redondos para ninguém: para o ar, para o redondo ar. Sábado era de quem viesse. E a laranja adoçaria a língua de quem primeiro chegasse. Junto do prato de cada mal-convidado, a mulher que lavava pés de estranhos pusera – mesmo sem nos eleger, mesmo sem nos amar – um ramo de trigo ou um cacho de rabanetes ardentes ou uma talhada vermelha de melancia com seus alegres caroços.

Tudo cortado pela acidez espanhola que se adivinhava nos limões verdes. Nas bilhas estava o leite, como se tivesse atravessado com as cabras o deserto dos penhascos. Vinho, quase negro de tão pisado, estremecia em vasilhas de barro. Tudo diante de nós. Tudo limpo do retorcido desejo humano. Tudo como é, não como quiséramos. Só existindo, e todo. Assim como existe um campo. Assim como as montanhas. Assim como homens e mulheres, e não nós, os ávidos. Assim como um sábado. Assim como apenas existe. Existe.

Em nome de nada, era hora de comer. Em nome de ninguém, era bom. Sem nenhum sonho. E nós pouco a pouco a par do dia, pouco a pouco anonimizados, crescendo, maiores, à altura da vida possível. Então, como fidalgos camponeses, aceitamos a mesa.

Não havia holocausto: aquilo tudo queria tanto ser comido quanto nós queríamos comê-lo. Nada guardando para o dia seguinte, ali mesmo ofereci o que eu sentia àquilo que me fazia sentir. Era um viver que eu não pagara de antemão com o sofrimento da espera, fome que nasce quando a boca já está perto da comida. Porque agora estávamos com fome, fome inteira que abrigava o todo e as migalhas. Quem bebia vinho, com os olhos tomava conta do leite. Quem lento bebeu o leite, sentiu o vinho que o outro bebia. Lá fora Deus nas acácias. Que existiam. Comíamos. Como quem dá água ao cavalo. A carne trinchada foi distribuída. A cordialidade era rude e rural. Ninguém falou mal de ninguém porque ninguém falou bem de ninguém. Era reunião de colheita, e fez-se trégua. Comíamos. Como uma horda de seres vivos, cobríamos gradualmente a terra. Ocupados como quem lavra a existência, e planta, e colhe, e mata, e vive, e morre, e come. Comi com a honestidade de quem não engana o que come: comi aquela comida e não o seu nome. Nunca Deus foi tão tomado pelo que Ele é. A comida dizia rude, feliz, austera: come, come e reparte. Aquilo tudo me pertencia, aquela era a mesa de meu pai. Comi sem ternura, comi sem a paixão da piedade. E sem me oferecer à esperança. Comi sem saudade nenhuma. E eu bem valia aquela comida. Porque nem sempre posso ser a guarda de meu irmão, e não posso mais ser a minha guarda, ah não me quero mais. E não quero formar a vida porque a existência já existe. Existe como um chão onde nós todos avançamos. Sem uma palavra de amor. Sem uma palavra. Mas teu prazer entende o meu. Nós somos fortes e nós comemos. Pão é amor entre estranhos.

UMA ESPERANÇA

aqui em casa pousou uma esperança. Não a clássica que tantas vezes verifica-se ser ilusória, embora mesmo assim nos sustente sempre. Mas a outra, bem concreta e verde: o inseto.

Houve um grito abafado de um de meus filhos:

— Uma esperança! e na parede bem em cima de sua cadeira! Emoção dele também que unia em uma só as duas esperanças, já tem idade para isso. Antes surpresa minha: esperança é coisa secreta e costuma pousar diretamente em mim, sem ninguém saber, e não acima de minha cabeça numa parede. Pequeno rebuliço: mas era indubitável, lá estava ela, e mais magra e verde não podia ser.

— Ela quase não tem corpo, queixei-me.

— Ela só tem alma, explicou meu filho e, como filhos são uma surpresa para nós, descobri com surpresa que ele falava das duas esperanças.

Ela caminhava devagar sobre os fiapos das longas pernas, por entre os quadros da parede. Três vezes tentou renitente uma saída entre dois quadros, três vezes teve que retroceder caminho. Custava a aprender.

– Ela é burrinha, comentou o menino.

– Sei disso, respondi um pouco trágica.

– Está agora procurando outro caminho, olhe, coitada, como ela hesita.

– Sei, é assim mesmo.

– Parece que esperança não tem olhos, mamãe, é guiada pelas antenas.

– Sei, continuei mais infeliz ainda.

Ali ficamos, não sei quanto tempo olhando. Vigiando-a como se vigiava na Grécia ou em Roma o começo de fogo do lar para que não apagasse.

– Ela se esqueceu de que pode voar, mamãe, e pensa que só pode andar devagar assim.

Andava mesmo devagar – estaria por acaso ferida? Ah não, senão de um modo ou de outro escorreria sangue, tem sido sempre assim comigo.

Foi então que farejando o mundo que é comível, saiu de trás de um quadro uma aranha. Não uma aranha, mas me parecia "a" aranha. Andando pela sua teia invisível, parecia transladar-se maciamente no ar. Ela queria a esperança. Mas nós também queríamos e, oh! Deus, queríamos menos que comê-la. Meu filho foi buscar a vassoura. Eu disse fracamente, confusa, sem saber se chegara infelizmente a hora certa de perder a esperança:

– É que não se mata aranha, me disseram que traz sorte...

– Mas ela vai esmigalhar a esperança! respondeu o menino com ferocidade.

– Preciso falar com a empregada para limpar atrás dos quadros – falei sentindo a frase deslocada e ouvindo o certo cansaço que havia na minha voz. Depois devaneei um pouco de como eu seria sucinta e misteriosa com a empregada:

eu lhe diria apenas: você faz o favor de facilitar o caminho da esperança.

O menino, morta a aranha, fez um trocadilho, com o inseto e a nossa esperança. Meu outro filho, que estava vendo televisão, ouviu e riu de prazer. Não havia dúvida: a esperança pousara em casa, alma e corpo.

Mas como é bonito o inseto: mais pousa que vive, é um esqueletinho verde, e tem uma forma tão delicada que isso explica por que eu, que gosto de pegar nas coisas, nunca tentei pegá-la.

Uma vez, aliás, agora é que me lembro, uma esperança bem menor que esta, pousara no meu braço. Não senti nada, de tão leve que era, foi só visualmente que tomei consciência de sua presença. Encabulei com a delicadeza. Eu não mexia o braço e pensei: "e essa agora? que devo fazer?" Em verdade nada fiz. Fiquei extremamente quieta como se uma flor tivesse nascido em mim. Depois não me lembro mais o que aconteceu. E, acho que não aconteceu nada.

MACACOS

da primeira vez que tivemos em casa um mico foi perto do Ano-Novo. Estávamos sem água e sem empregada, fazia-se fila para carne, o calor rebentara – e foi quando, muda de perplexidade, vi o presente entrar em casa, já comendo banana, já examinando tudo com grande rapidez e um longo rabo. Mais parecia um macacão ainda não crescido, suas potencialidades eram tremendas. Subia pela roupa estendida na corda, de onde dava gritos de marinheiro, e jogava cascas de banana onde caíssem. E eu exausta. Quando me esquecia e entrava distraída na área de serviço, o grande sobressalto: aquele homem alegre ali. Meu menino menor sabia, antes de eu saber, que eu me desfaria do gorila: "E se eu prometer que um dia o macaco vai adoecer e morrer, você deixa ele ficar? e se você soubesse que de qualquer jeito ele um dia vai cair da janela e morrer lá embaixo?" Meus sentimentos desviavam o olhar. A inconsciência feliz e imunda do macacão-pequeno tornava-me responsável pelo seu destino, já que ele próprio não aceitava culpas. Uma amiga entendeu de que amargura era feita a minha aceitação, de que crimes se alimentava meu ar sonhador, e rudemente me salvou: meninos de morro apareceram numa zoada feliz, levaram o homem que ria, e no desvitalizado Ano-Novo eu pelo menos ganhei uma casa sem macaco.

Um ano depois, acabava eu de ter uma alegria, quando ali em Copacabana vi o agrupamento. Um homem vendia macaquinhos. Pensei nos meninos, nas alegrias que eles me davam de graça, sem nada a ver com as preocupações que também de graça me davam, imaginei uma cadeia de alegria: "Quem receber esta, que a passe a outro", e outro para outro, como o frêmito num rastro de pólvora. E ali mesmo comprei a que se chamaria Lisette.

Quase cabia na mão. Tinha saia, brincos, colar e pulseira de baiana. E um ar de imigrante que ainda desembarca com o traje típico de sua terra. De imigrante também eram os olhos redondos.

Quanto a essa, era mulher em miniatura. Três dias esteve conosco. Era de uma tal delicadeza de ossos. De uma tal extrema doçura. Mais que os olhos, o olhar era arredondado. Cada movimento, e os brincos estremeciam; a saia sempre arrumada, o colar vermelho brilhante. Dormia muito, mas para comer era sóbria e cansada. Seus raros carinhos eram só mordida leve que não deixava marca.

No terceiro dia estávamos na área de serviço admirando Lisette e o modo como ela era nossa. "Um pouco suave demais", pensei com saudade do meu gorila. E de repente foi meu coração respondendo com muita dureza: "Mas isso não é doçura. Isto é morte." A secura da comunicação deixou-me quieta. Depois eu disse aos meninos: "Lisette está morrendo." Olhando-a, percebi então até que ponto de amor já tínhamos ido. Enrolei Lisette num guardanapo, fui com os meninos para o primeiro pronto-socorro, onde o médico não podia atender porque operava de urgência um cachorro. Outro táxi. – Lisette pensa que está passeando, mamãe – outro hospital. Lá deram-lhe oxigênio.

E com o sopro de vida, subitamente revelou-se uma Lisette que desconhecíamos. De olhos muito menos redondos, mais secretos, mais aos risos e na cara prognata e ordinária uma certa altivez irônica; um pouco mais de oxigênio, e deu-lhe uma vontade de falar que ela mal aguentava ser macaca; era, e muito teria a contar. Breve, porém, sucumbia de novo, exausta. Mais oxigênio e dessa vez uma injeção de soro a cuja picada ela reagiu com um tapinha colérico, de pulseira tilintando. O enfermeiro sorriu: "Lisette, meu bem, sossega!"

O diagnóstico: não ia viver, a menos que tivesse oxigênio à mão e, mesmo assim, improvável. "Não se compra macaco na rua", censurou-me ele abanando a cabeça, "às vezes já vem doente." Não, tinha-se que comprar macaca certa, saber da origem, ter pelo menos cinco anos de garantia do amor, saber do que fizera ou não fizera, como se fosse para casar. Resolvi um instante com os meninos. E disse para o enfermeiro: "O senhor está gostando muito de Lisette. Pois se o senhor deixar ela passar uns dias perto do oxigênio, no que ela ficar boa, ela é sua." Mas ele pensava. "Lisette é bonita!", implorei eu. "É linda", concordou ele pensativo. Depois ele suspirou e disse: "Se eu curar Lisette, ela é sua." Fomos embora, de guardanapo vazio.

No dia seguinte telefonaram, e eu avisei aos meninos que Lisette morrera. O menor me perguntou: "Você acha que ela morreu de brincos?" Eu disse que sim. Uma semana depois o mais velho me disse: "Você parece tanto com Lisette!" "Eu também gosto de você", respondi.

OS DESASTRES DE SOFIA

Qualquer que tivesse sido o seu trabalho anterior, ele o abandonara, mudara de profissão, e passara pesadamente a ensinar no curso primário: era tudo o que sabíamos dele.

O professor era gordo, grande e silencioso, de ombros contraídos. Em vez de nó na garganta, tinha ombros contraídos. Usava paletó curto demais, óculos sem aro, com um fio de ouro encimando o nariz grosso e romano. E eu era atraída por ele. Não amor, mas atraída pelo seu silêncio e pela controlada impaciência que ele tinha em nos ensinar e que, ofendida, eu adivinhara. Passei a me comportar mal na sala. Falava muito alto, mexia com os colegas, interrompia a lição com piadinhas, até que ele dizia, vermelho:

– Cale-se ou expulso a senhora da sala.

Ferida, triunfante, eu respondia em desafio: pode me mandar! Ele não mandava, senão estaria me obedecendo. Mas eu o exasperava tanto que se tornara doloroso para mim ser o objeto do ódio daquele homem que de certo modo eu amava. Não o amava como a mulher que eu seria um dia, amava-o como uma criança que tenta desastradamente proteger um adulto, com a cólera de quem ainda não foi covarde e vê um homem forte de ombros tão curvos. Ele me irritava. De noite, antes de dormir, ele me irritava. Eu tinha nove anos e pouco, dura idade como o talo não quebrado de uma begônia. Eu o espicaçava, e ao conseguir exacerbá-lo sentia na boca, em glória de martírio, a acidez insuportável da begônia quando é esmagada entre os dentes; e roía as unhas, exultante. De manhã, ao atravessar os portões da escola, pura como ia com meu café com leite e a cara lavada, era um choque deparar em carne e osso com o homem que me fizera devanear por um abismal minuto antes de dormir. Em superfície de tempo fora um minuto apenas, mas em profundidade eram velhos séculos de escuríssima doçura. De manhã – como se eu não tivesse contado com a existência real daquele que desencadeara meus negros sonhos de amor – de manhã, diante do homem grande com seu paletó curto, em choque eu era jogada na vergonha, na perplexidade e na assustadora esperança. A esperança era o meu pecado maior.

Cada dia renovava-se a mesquinha luta que eu encetara pela salvação daquele homem. Eu queria o seu bem, e em resposta ele me odiava. Contundida, eu me tornara o seu demônio e tormento, símbolo do inferno que devia ser para ele ensinar aquela turma risonha de desinteressados. Tornara-se um prazer já terrível o de não deixá-lo em paz. O jogo, como sempre, me fascinava. Sem saber que eu obedecia a velhas tradições, mas com uma sabedoria com que os ruins já nascem – aqueles ruins que roem as unhas de espanto –, sem saber que obedecia a uma das coisas que mais acontecem no mundo, eu estava sendo a prostituta e ele o santo. Não, talvez não seja isso. As palavras me antecedem e ultrapassam, elas me tentam e me modificam, e se não tomo cuidado será tarde demais: as coisas serão ditas sem eu as ter dito. Ou, pelo menos, não era apenas isso. Meu enleio vem de que um tapete é feito de tantos fios que não posso me resignar a seguir um fio só; meu enredamento vem de que uma história é feita de muitas histórias. E nem todas posso contar – uma palavra mais verdadeira poderia de eco em eco fazer desabar pelo despenhadeiro as minhas altas geleiras. Assim, pois, não falarei mais no sorvedouro que havia em mim enquanto eu devaneava antes de adormecer. Senão eu mesma terminarei pensando que era apenas essa macia voragem o que me impelia para ele, esquecendo minha desesperada abnegação. Eu me tornara a sua sedutora, dever que ninguém me impusera. Era de se lamentar que tivesse caído em minhas mãos erradas a tarefa de salvá-lo pela tentação, pois de todos os adultos e crianças daquele tempo eu era provavelmente a menos indicada. "Essa não é flor que se cheire", como dizia nossa empregada. Mas era como se, sozinha com um alpinista paralisado pelo terror do precipício, eu, por mais inábil que fosse, não pudesse senão tentar ajudá-lo a descer. O professor tivera a falta de sorte de ter sido logo a mais imprudente quem ficara sozinha com ele nos seus ermos. Por mais arriscado que fosse o meu lado, eu era obrigada a arrastá-lo para o meu lado pois o dele era mortal. Era o que eu fazia, como uma criança importuna puxa um grande pela aba do paletó. Ele não olhava para trás, não perguntava o que eu queria, e livrava-se de mim com um safanão. Eu continuava a puxá-lo pelo paletó, meu único instrumento era a insistência. E disso tudo ele só percebia que eu lhe rasgava os bolsos. É verdade que nem eu mesma sabia ao certo o que fazia, minha vida com o professor era invisível. Mas eu sentia que meu papel era ruim e perigoso: impelia-me a voracidade por uma vida real que tardava, e, pior que inábil, eu também tinha gosto em lhe rasgar os bolsos. Só Deus perdoaria o que eu era porque só Ele sabia do que me fizera e para o quê. Eu me deixava, pois, ser matéria d'Ele. Ser matéria de Deus era a minha única bondade. E a fonte de um nascente misticismo. Não misticismo por Ele, mas pela matéria d'Ele, mas pela vida crua e cheia de prazeres: eu era uma adoradora. Aceitava a vastidão do que eu não conhecia e a ela me confiava toda, com segredos de confessionário. Seria para as escuridões da ignorância que eu seduzia o professor? e com o ardor de uma freira na cela. Freira alegre e monstruosa, ai de mim. E nem disso eu poderia me vangloriar: na classe todos nós éramos igualmente monstruosos e suaves, ávida matéria de Deus.

Mas se me comoviam seus gordos ombros contraídos e seu paletozinho apertado, minhas gargalhadas só conseguiam fazer com que ele, fingindo a que custo me esquecer, mais contraído ficasse de tanto autocontrole. A antipatia que esse homem sentia por mim era tão forte que eu me detestava. Até que meus risos foram definitivamente substituindo minha delicadeza impossível.

Aprender eu não aprendia naquelas aulas. O jogo de torná-lo infeliz já me tomara demais. Suportando com desenvolta amargura as minhas pernas compridas e os sapatos sempre cambaios, humilhada por não ser uma flor, e sobretudo, torturada por uma infância enorme que eu temia nunca chegar a um fim – mais infeliz eu o tornava e sacudia com altivez a minha única riqueza: os cabelos escorridos que eu planejava ficarem um dia bonitos com permanente e que por conta do futuro eu já exercitava sacudindo-os. Estudar eu não estudava, confiava na minha vadiação sempre bem-sucedida e que também ela o professor tomava como mais uma provocação da menina odiosa. Nisso ele não tinha razão. A verdade é que não me sobrava tempo para estudar. As alegrias me ocupavam, ficar atenta me tomava dias e dias; havia os livros de história que eu lia roendo de paixão as unhas até o sabugo, nos meus primeiros êxtases de tristeza, refinamento que eu já descobrira; havia meninos que eu escolhera e que não me haviam escolhido, eu perdia horas de sofrimento porque eles eram inatingíveis, e mais outras horas de sofrimento aceitando-os com ternura, pois o homem era o meu rei da Criação; havia a esperançosa ameaça do pecado, eu me ocupava com medo em esperar; sem falar que estava permanentemente ocupada em querer e não querer ser o que eu era, não me decidia por qual de mim, toda eu é que não podia; ter nascido era cheio de erros a corrigir. Não, não era para irritar o professor que eu não estudava; só tinha tempo de crescer. O que eu fazia para todos os lados, com uma falta de graça que mais parecia o resultado de um erro de cálculo: as pernas não combinavam com os olhos, e a boca era emocionada enquanto as mãos se esgalhavam sujas – na minha pressa eu crescia sem saber para onde. O fato de um retrato da época me revelar, ao contrário, uma menina bem plantada, selvagem e suave, com olhos pensativos embaixo da franja pesada, esse retrato real não me desmente, só faz é revelar uma fantasmagórica estranha que eu não compreenderia se fosse a sua mãe. Só muito depois, tendo finalmente me organizado em corpo e sentindo-me fundamentalmente mais garantida, pude me aventurar e estudar um pouco; antes, porém, eu não podia me arriscar a aprender, não queria me disturbar – tomava intuitivo cuidado com o que eu era, já que eu não sabia o que era, e com vaidade cultivava a integridade da ignorância. Foi pena o professor não ter chegado a ver aquilo em que quatro anos depois inesperadamente eu me tornaria: aos treze anos, de mãos limpas, banho tomado, toda composta e bonitinha, ele me teria visto como um cromo de Natal à varanda de um sobrado. Mas, em vez dele, passara embaixo um ex-amiguinho meu, gritara alto o meu nome, sem perceber que eu já não era mais um moleque e sim uma jovem digna cujo nome não pode mais ser berrado pelas calçadas de uma cidade. "Que é?", indaguei do intruso com a maior frieza. Recebi então como resposta gritada a notícia de que o professor morrera naquela madrugada. E branca, de olhos muito abertos, eu olhara a rua vertiginosa a meus pés. Minha compostura quebrada como a de uma boneca partida.

Voltando a quatro anos atrás. Foi talvez por tudo o que contei, misturado e em conjunto, que escrevi a composição que o professor mandara, ponto de desenlace dessa história e começo de outras. Ou foi apenas por pressa de acabar de qualquer modo o dever para poder brincar no parque.

– Vou contar uma história, disse ele, e vocês façam a composição. Mas usando as palavras de vocês. Quem for acabando não precisa esperar pela sineta, já pode ir para o recreio.

O que ele contou: um homem muito pobre sonhara que descobrira um tesouro e ficara muito rico; acordando, arrumara sua trouxa, saíra em busca do tesouro; andara o mundo inteiro e continuava sem achar o tesouro; cansado, voltara para a sua pobre, pobre casinha; e como não tinha o que comer, começara a plantar no seu pobre quintal; tanto plantara, tanto colhera, tanto começara a vender que terminara ficando muito rico.

Ouvi com ar de desprezo, ostensivamente brincando com o lápis, como se quisesse deixar claro que suas histórias não me ludibriavam e que eu bem sabia quem ele era. Ele contara sem olhar uma só vez para mim. É que na falta de jeito de amá-lo e no gosto de persegui-lo, eu também o acossava com o olhar: a tudo o que ele dizia eu respondia com um simples olhar direto, do qual ninguém em sã consciência poderia me acusar. Era um olhar que eu tornava bem límpido e angélico, muito aberto, como o da candidez olhando o crime. E conseguia sempre o mesmo resultado: com perturbação ele evitava meus olhos, começando a gaguejar. O que me enchia de um poder que me amaldiçoava. E de piedade. O que por sua vez me irritava. Irritava-me que ele obrigasse uma porcaria de criança a compreender um homem.

Eram quase dez horas da manhã, em breve soaria a sineta do recreio. Aquele meu colégio, alugado dentro de um dos parques da cidade, tinha o maior campo de recreio que já vi. Era tão bonito para mim como seria para um esquilo ou um cavalo. Tinha árvores espalhadas, longas descidas e subidas e estendida relva. Não acabava nunca. Tudo ali era longe e grande, feito para pernas compridas de menina, com lugar para montes de tijolo e madeira de origem ignorada, para moitas de azedas begônias que nós comíamos, para sol e sombra onde as abelhas faziam mel. Lá cabia um ar livre imenso. E tudo fora vivido por nós: já tínhamos rolado de cada declive, intensamente cochichado atrás de cada monte de tijolo, comido de várias flores e em todos os troncos havíamos a canivete gravado datas, doces nomes feios e corações transpassados por flechas; meninos e meninas ali faziam o seu mel.

Eu estava no fim da composição e o cheiro das sombras escondidas já me chamava. Apressei-me. Como eu só sabia "usar minhas próprias palavras", escrever era simples. Apressava-me também o desejo de ser a primeira a atravessar a sala – o professor terminara por me isolar em quarentena na última carteira – e entregar-lhe insolente a composição, demonstrando-lhe assim minha rapidez, qualidade que me parecia essencial para se viver e que, eu tinha certeza, o professor só podia admirar.

Entreguei-lhe o caderno e ele o recebeu sem ao menos me olhar. Melindrada, sem um elogio pela minha velocidade, saí pulando para o grande parque.

A história que eu transcrevera em minhas próprias palavras era igual a que ele contara. Só que naquela época eu estava começando a "tirar a moral das histórias", o que, se me santificava, mais tarde ameaçaria sufocar-me em rigidez. Com alguma faceirice, pois, havia acrescentado as frases finais. Frases que horas depois eu lia e relia para ver o que nelas haveria de tão poderoso a ponto de enfim ter provocado o homem de um modo como eu própria não conseguira até então. Provavelmente o que o professor quisera deixar implícito na sua história triste é que o trabalho árduo era o único modo de se chegar a ter fortuna. Mas levianamente eu concluíra pela moral oposta: alguma coisa sobre o tesouro que se disfarça, que está onde menos se espera, que é só descobrir, acho que falei em sujos quintais com tesouros. Já não me lembro, não sei se foi exatamente isso. Não consigo imaginar com que palavras de criança teria eu exposto um sentimento simples mas que se torna pensamento complicado. Suponho que, arbitrariamente contrariando o sentido real da história, eu de algum modo já me prometia por escrito que o ócio, mais que o trabalho, me daria as grandes recompensas gratuitas, as únicas a que eu aspirava. É possível também que já então meu tema de vida fosse a irrazoável esperança, e que eu já tivesse iniciado a minha grande obstinação: eu daria tudo o que era meu por nada, mas queria que tudo me fosse dado por nada. Ao contrário do trabalhador da história, na composição eu sacudia dos ombros todos os deveres e dela saía livre e pobre, e com um tesouro na mão.

Fui para o recreio, onde fiquei sozinha com o prêmio inútil de ter sido a primeira, ciscando a terra, esperando impaciente pelos meninos que pouco a pouco começaram a surgir da sala.

No meio das violentas brincadeiras resolvi buscar na minha carteira não me lembro o quê, para mostrar ao caseiro do parque, meu amigo e protetor. Toda molhada de suor, vermelha de uma felicidade irrepresável que se fosse em casa me valeria uns tapas – voei em direção à sala de aula, atravessei-a correndo, e tão estabanada que não vi o professor a folhear os cadernos empilhados sobre a mesa. Já tendo na mão a coisa que eu fora buscar, e iniciando outra corrida de volta – só então meu olhar tropeçou no homem.

Sozinho à cátedra: ele me olhava.

Era a primeira vez que estávamos frente a frente, por nossa conta. Ele me olhava. Meus passos, de vagarosos, quase cessaram.

Pela primeira vez eu estava só com ele, sem o apoio cochichado da classe, sem a admiração que minha afoiteza provocava. Tentei sorrir, sentindo que o sangue me sumia do rosto. Uma gota de suor correu-me pela testa. Ele me olhava. O olhar era uma pata macia e pesada sobre mim. Mas se a pata era suave, tolhia-me toda como a de um gato que sem pressa prende o rabo do rato. A gota de suor foi descendo pelo nariz e pela boca, dividindo ao meio o meu sorriso. Apenas isso: sem uma expressão no olhar, ele me olhava. Comecei a costear a parede de olhos baixos, prendendo-me toda a meu sorriso, único traço de um rosto que já perdera os contornos. Nunca havia percebido como era comprida a sala de aula; só agora, ao lento passo do medo, eu via o seu tamanho real. Nem a minha falta de tempo me deixara perceber até então como eram austeras e altas as paredes; e duras, eu sentia a parede dura na palma da mão. Num pesadelo, do qual sorrir fazia parte, eu mal acreditava poder alcançar o âmbito da porta – de onde eu correria, ah como correria! a me refugiar no meio de meus iguais, as crianças. Além de me concentrar no sorriso, meu zelo minucioso era o de não fazer barulho com os pés, e assim eu aderia à natureza íntima de um perigo do qual tudo o mais eu desconhecia. Foi num arrepio que me adivinhei de repente como um espelho: uma coisa úmida se encostando à parede, avançando devagar na ponta dos pés, e com um sorriso cada vez mais intenso. Meu sorriso cristalizara a sala em silêncio, e mesmo os ruídos que vinham do parque escorriam pelo lado de fora do silêncio. Cheguei finalmente à porta, e o coração imprudente pôs-se a bater alto demais sob o risco de acordar o gigantesco mundo que dormia.

Foi quando ouvi meu nome.

De súbito pregada ao chão, com a boca seca, ali fiquei de costas para ele sem coragem de me voltar. A brisa que vinha pela porta acabou de secar o suor do corpo. Virei-me devagar, contendo dentro dos punhos cerrados o impulso de correr.

Ao som de meu nome a sala se desipnotizara.

E bem devagar vi o professor todo inteiro. Bem devagar vi que o professor era muito grande e muito feio, e que ele era o homem de minha vida. O novo e grande medo. Pequena, sonâmbula, sozinha, diante daquilo a que a minha fatal liberdade finalmente me levara. Meu sorriso, tudo o que sobrara de um rosto, também se apagara. Eu era dois pés endurecidos no chão e um coração que de tão vazio parecia morrer de sede. Ali fiquei, fora do alcance do homem. Meu coração morria de sede, sim. Meu coração morria de sede.

Calmo como antes de friamente matar, ele disse:

– Chegue mais perto...

Como é que um homem se vingava?

Eu ia receber de volta em pleno rosto a bola de mundo que eu mesma lhe jogara e que nem por isso me era conhecida. Ia receber de volta uma realidade que não teria existido se eu não a tivesse temerariamente adivinhado e assim lhe dado vida. Até que ponto aquele homem, monte de compacta tristeza, era também monte de fúria? Mas meu passado era agora tarde demais. Um arrependimento estoico manteve ereta a minha cabeça. Pela primeira vez a ignorância, que até então fora o meu grande guia, desamparava-me. Meu pai estava no trabalho, minha mãe morrera há meses. Eu era o único eu.

– ... Pegue o seu caderno... acrescentou ele.

A surpresa me fez subitamente olhá-lo. Era só isso, então!? O alívio inesperado foi quase mais chocante que o meu susto anterior. Avancei um passo, estendi a mão gaguejante.

Mas o professor ficou imóvel e não entregou o caderno.

Para a minha súbita tortura, sem me desfitar, foi tirando lentamente os óculos. E olhou-me com olhos nus que tinham muitos cílios. Eu nunca tinha visto seus olhos que, com as inúmeras pestanas, pareciam duas baratas doces. Ele me olhava. E eu não soube como existir na frente de um homem. Disfarcei olhando o teto, o chão, as paredes, e mantinha a mão ainda estendida porque não sabia como recolhê-la. Ele me olhava manso, curioso, com os olhos despenteados como se tivesse acordado. Iria ele me amassar com mão inesperada? Ou exigir que eu me ajoelhasse e pedisse perdão. Meu fio de esperança era que ele não soubesse o que eu tinha feito, assim como eu mesma já não sabia, na verdade eu nunca soubera.

– Como é que lhe veio a ideia do tesouro que se disfarça?

– Que tesouro? – murmurei atoleimada.

Ficamos nos fitando em silêncio.

– Ah, o tesouro!, precipitei-me de repente mesmo sem entender, ansiosa por admitir qualquer falta, implorando-lhe que meu castigo consistisse apenas em sofrer para sempre de culpa, que a tortura eterna fosse a minha punição, mas nunca essa vida desconhecida.

– O tesouro que está escondido onde menos se espera. Que é só descobrir. Quem lhe disse isso?

O homem enlouqueceu, pensei, pois que tinha a ver o tesouro com aquilo tudo? Atônita, sem compreender, e encaminhando de inesperado a inesperado, pressenti no entanto um terreno menos perigoso. Nas minhas corridas eu aprendera a me levantar das quedas mesmo quando mancava, e me refiz logo: "foi a composição do tesouro! esse então deve ter sido o meu erro!" Fraca, e embora pisando cuidadosa na nova e escorregadia segurança, eu no entanto já me levantara o bastante da minha queda para poder sacudir, numa imitação da antiga arrogância, a futura cabeleira ondulada:

– Ninguém, ora... respondi mancando. Eu mesma inventei, disse trêmula, mas já recomeçando a cintilar.

Se eu ficara aliviada por ter alguma coisa enfim concreta com que lidar, começava no entanto a me dar conta de algo muito pior. A súbita falta de raiva nele. Olhei-o intrigada, de viés. E aos poucos desconfiadíssima. Sua falta de raiva começara a me amedrontar, tinha ameaças novas que eu não compreendia. Aquele olhar que não me desfitava – e sem cólera... Perplexa, e a troco de nada, eu perdia o meu inimigo e sustento. Olhei-o surpreendida. Que é que ele queria de mim? Ele me constrangia. E seu olhar sem raiva passara a me importunar mais do que a brutalidade que eu temera. Um medo pequeno, todo frio e suado, foi me tomando. Devagar, para ele não perceber, recuei as costas até encontrar atrás delas a parede, e depois a cabeça recuou até não ter mais para onde ir. Daquela parede onde eu me engastara toda, furtivamente olhei-o.

E meu estômago se encheu de uma água de náusea. Não sei contar.

Eu era uma menina muito curiosa e, para a minha palidez, eu vi. Eriçada, prestes a vomitar, embora até hoje não saiba ao certo o que vi. Mas sei que vi. Vi tão fundo quanto numa boca, de chofre eu via o abismo do mundo. Aquilo que eu via era anônimo como uma barriga aberta para uma operação de intestinos. Vi uma coisa se fazendo na sua cara

– o mal-estar já petrificado subia com esforço até a sua pele, vi a careta vagarosamente hesitando e quebrando uma crosta – mas essa coisa que em muda catástrofe se desenraizava, essa coisa ainda se parecia tão pouco com um sorriso como se um fígado ou um pé tentassem sorrir, não sei. O que vi, vi tão de perto que não sei o que vi. Como se meu olho curioso se tivesse colado ao buraco da fechadura e em choque deparasse do outro lado com outro olho colado me olhando. Eu vi dentro de um olho. O que era tão incompreensível como um olho. Um olho aberto com sua gelatina móvel. Com suas lágrimas orgânicas. Por si mesmo o olho chora, por si mesmo o olho ri. Até que o esforço do homem foi se completando todo atento, e em vitória infantil ele mostrou, pérola arrancada da barriga aberta – que estava sorrindo. Eu vi um homem com entranhas sorrindo. Via sua apreensão extrema em não errar, sua aplicação de aluno lento, a falta de jeito como se de súbito ele se tivesse tornado canhoto. Sem entender, eu sabia que pediam de mim que eu recebesse a entrega dele e de sua barriga aberta, e que eu recebesse o seu peso de homem. Minhas costas forçaram desesperadamente a parede, recuei – era cedo demais para eu ver tanto. Era cedo demais para eu ver como nasce a vida. Vida nascendo era tão mais sangrento do que morrer. Morrer é ininterrupto. Mas ver matéria inerte lentamente tentar se erguer como um grande morto-vivo... Ver a esperança me aterrorizava, ver a vida me embrulhava o estômago. Estavam pedindo demais de minha coragem só porque eu era corajosa, pediam minha força só porque eu era forte. "Mas e eu?", gritei dez anos depois por motivos de amor perdido, "quem virá jamais à minha fraqueza!" Eu o olhava surpreendida, e para sempre não soube o que vi, o que eu vira poderia cegar os curiosos.

Então ele disse, usando pela primeira vez o sorriso que aprendera:

– Sua composição do tesouro está tão bonita. O tesouro que é só descobrir. Você... ele nada acrescentou por um momento. Perscrutou-me suave, indiscreto, tão meu íntimo como se ele fosse o meu coração. Você é uma menina muito engraçada, disse afinal.

Foi a primeira vergonha real de minha vida. Abaixei os olhos, sem poder sustentar o olhar indefeso daquele homem a quem eu enganara.

Sim, minha impressão era a de que, apesar de sua raiva, ele de algum modo havia confiado em mim, e que então eu o enganara com a lorota do tesouro. Naquele tempo eu pensava que tudo o que se inventa é mentira, e somente a consciência atormentada do pecado me redimia do vício. Abaixei os olhos com vergonha. Preferia sua cólera antiga, que me ajudara na minha luta contra mim mesma, pois coroava de insucesso os meus métodos e talvez terminasse um dia me corrigindo: eu não queria era esse agradecimento que não só era a minha pior punição, por eu não merecê-lo, como vinha encorajar minha vida errada que eu tanto temia, viver errado me atraía. Eu bem quis lhe avisar que não se acha tesouro à toa. Mas, olhando-o, desanimei; faltava-me a coragem de desiludi-lo. Eu já me habituara a proteger a alegria dos outros, a de meu pai, por exemplo, que era mais desprevenido que eu. Mas como me foi difícil engolir a seco essa alegria que tão irresponsavelmente eu causara! Ele parecia um mendigo que agradecesse o prato de comida sem perceber que lhe haviam dado carne estragada. O sangue me subira ao rosto, agora tão quente que pensei estar com os olhos injetados, enquanto ele, provavelmente em novo engano, devia pensar que eu corara de prazer ao elogio. Naquela mesma noite aquilo tudo se transformaria em incoercível crise de vômitos que manteria acesas todas as luzes de minha casa.

– Você – repetiu então ele lentamente como se aos poucos estivesse admitindo com encantamento o que lhe viera por acaso à boca – você é uma menina muito engraçada, sabe? Você é uma doidinha... disse usando outra vez o sorriso como um menino que dorme com os sapatos novos. Ele nem ao menos sabia que ficava feio quando sorria. Confiante, deixava-me ver a sua feiura, que era a sua parte mais inocente.

Tive que engolir como pude a ofensa que ele me fazia ao acreditar em mim, tive que engolir a piedade por ele, a vergonha por mim, "tolo!", pudesse eu lhe gritar, "essa história de tesouro disfarçado foi inventada, é coisa só para menina!" Eu tinha muita consciência de ser uma criança, o que explicava todos os meus graves defeitos, e pusera tanta fé em um dia crescer – e aquele homem grande se deixara enganar por uma menina safadinha. Ele matava em mim pela primeira vez a minha fé nos adultos: também ele, um homem, acredita como eu nas grandes mentiras...

... E de repente, com o coração batendo de desilusão, não suportei um instante mais – sem ter pegado o caderno corri para o parque, a mão na boca como se me tivessem quebrado os dentes. Com a mão na boca, horrorizada, eu corria, corria para nunca parar, a prece profunda não é aquela que pede, a prece mais profunda é a que não pede mais – eu corria, eu corria muito espantada.

Na minha impureza eu havia depositado a esperança de redenção nos adultos. A necessidade de acreditar na minha bondade futura fazia com que eu venerasse os grandes, que eu fizera à minha imagem, mas a uma imagem de mim enfim purificada pela penitência do crescimento, enfim liberta da alma suja de menina. E tudo isso o professor agora destruía, e destruía meu amor por ele e por mim. Minha salvação seria impossível: aquele homem também era eu. Meu amargo ídolo que caíra ingenuamente nas artimanhas de uma criança confusa e sem candura, e que se deixara docilmente guiar pela minha diabólica inocência... Com a mão apertando a boca, eu corria pela poeira do parque.

Quando enfim me dei conta de estar bem longe da órbita do professor, sofreei exausta a corrida, e quase a cair encostei-me em todo o meu peso no tronco de uma árvore, respirando alto, respirando. Ali fiquei ofegante e de olhos fechados, sentindo na boca o amargo empoeirado do tronco, os dedos mecanicamente passando e repassando pelo duro entalhe de um coração com flecha. E de repente, apertando os olhos fechados, gemi entendendo um pouco mais: estaria ele querendo dizer que... que eu era um tesouro disfarçado? O tesouro onde menos se espera... Oh não, não, coitadinho dele, coitado daquele rei da Criação, de tal modo precisara... de quê? de que precisara ele?... que até eu me transformara em tesouro.

Eu ainda tinha muito mais corrida dentro de mim, forcei a garganta seca a recuperar o fôlego, e empurrando com raiva o tronco da árvore recomecei a correr em direção ao fim do mundo.

Mas ainda não divisara o fim sombreado do parque, e meus passos foram se tornando mais vagarosos, excessivamente cansados. Eu não podia mais. Talvez por cansaço, mas eu sucumbia. Eram passos cada vez mais lentos e a folhagem das árvores se balançava lenta. Eram passos um pouco deslumbrados. Em hesitação fui parando, as árvores rodavam altas. É que uma doçura toda estranha fatigava meu coração. Intimidada, eu hesitava. Estava sozinha na relva, mal em pé, sem nenhum apoio, a mão no peito cansado como a de uma virgem anunciada. E de cansaço abaixando àquela suavidade primeira uma cabeça finalmente humilde que de muito longe talvez lembrasse a de uma mulher. A copa das árvores se balançava para a frente, para trás.

"Você é uma menina muito engraçada, você é uma doidinha", dissera ele. Era como um amor.

Não, eu não era engraçada. Sem nem ao menos saber, eu era muito séria. Não, eu não era doidinha, a realidade era o meu destino, e era o que em mim doía nos outros. E, por Deus, eu não era um tesouro. Mas se eu antes já havia descoberto em mim todo o ávido veneno com que se nasce e com que se rói a vida – só naquele instante de mel e flores descobria de que modo eu curava: quem me amasse, assim eu teria curado quem sofresse de mim. Eu era a escura ignorância com suas fomes e risos, com as pequenas mortes alimentando a minha vida inevitável – que podia eu fazer? eu já sabia que eu era inevitável. Mas se eu não prestava, eu fora tudo o que aquele homem tivera naquele momento. Pelo menos uma vez ele teria que amar, e sem ser a ninguém – através de alguém. E só eu estivera ali. Se bem que esta fosse a sua única vantagem: tendo apenas a mim, e obrigado a iniciar-se amando o ruim, ele começara pelo que poucos chegavam a alcançar. Seria fácil demais querer o limpo; inalcançável pelo amor era o feio, amar o impuro era a nossa mais profunda nostalgia. Através de mim, a difícil de se amar, ele recebera, com grande caridade por si mesmo, aquilo de que somos feitos. Entendia eu tudo isso? Não. E não sei o que na hora entendi. Mas assim como por um instante no professor eu vira com aterrorizado fascínio o mundo – e mesmo agora ainda não sei o que vi, só que para sempre e em um segundo eu vi – assim eu nos entendi, e nunca saberei o que entendi. Nunca saberei o que eu entendo. O que quer que eu tenha entendido no parque foi, com um choque de doçura, entendido pela minha ignorância. Ignorância que ali em pé – numa solidão sem dor, não menor que a das árvores – eu recuperava inteira, a ignorância e a sua verdade incompreensível. Ali estava eu, a menina esperta demais, e eis que tudo o que em mim não prestava servia a Deus e aos homens. Tudo o que em mim não prestava era o meu tesouro.

Como uma virgem anunciada, sim. Por ele me ter permitido que eu o fizesse enfim sorrir, por isso ele me anunciara. Ele acabara de me transformar em mais do que o rei da Criação: fizera de mim a mulher do rei da Criação. Pois logo a mim, tão cheia de garras e sonhos, coubera arrancar de seu coração a flecha farpada. De chofre explicava-se para que eu nascera com mão dura, e para que eu nascera sem nojo da dor. Para que te servem essas unhas longas? Para te arranhar de morte e para arrancar os teus espinhos mortais, responde o lobo do homem. Para que te serve essa cruel boca de fome? Para te morder e para soprar a fim de que eu não te doa demais, meu amor, já que tenho que te doer, eu sou o lobo inevitável pois a vida me foi dada. Para que te servem essas mãos que ardem e prendem? Para ficarmos de mãos dadas, pois preciso tanto, tanto, tanto – uivaram os lobos, e olharam intimidados as próprias garras antes de se aconchegarem um no outro para amar e dormir.

... E foi assim que no grande parque do colégio lentamente comecei a aprender a ser amada, suportando o sacrifício de não merecer, apenas para suavizar a dor de quem não ama. Não, esse foi somente um dos motivos. É que os outros fazem outras histórias. Em algumas foi de meu coração que outras garras cheias de duro amor arrancaram a flecha farpada, e sem nojo de meu grito.

A CRIADA

Seu nome era Eremita. Tinha dezenove anos. Rosto confiante, algumas espinhas. Onde estava a sua beleza? Havia beleza nesse corpo que não era feio nem bonito, nesse rosto onde uma doçura ansiosa de doçuras maiores era o sinal da vida.

Beleza, não sei. Possivelmente não havia, se bem que os traços indecisos atraíssem como água atrai. Havia, sim, substância viva, unhas, carnes, dentes, mistura de resistências e fraquezas, constituindo vaga presença que se concretizava porém imediatamente numa cabeça interrogativa e já prestimosa, mal se pronunciava um nome: Eremita. Os olhos castanhos eram intraduzíveis, sem correspondência com o conjunto do rosto. Tão independentes como se fossem plantados na carne de um braço, e de lá nos olhassem – abertos, úmidos. Ela toda era de uma doçura próxima a lágrimas.

Às vezes respondia com má-criação de criada mesmo. Desde pequena fora assim, explicou. Sem que isso viesse de seu caráter. Pois não havia no seu espírito nenhum endurecimento, nenhuma lei perceptível. "Eu tive medo", dizia com naturalidade. "Me deu uma fome", dizia, e era sempre incontestável o que dizia, não se sabe por quê. "Ele me respeita muito", dizia do noivo e, apesar da expressão emprestada e convencional, a pessoa que ouvia entrava num mundo delicado de bichos e aves, onde todos se respeitam. "Eu tenho vergonha", dizia, e sorria enredada nas próprias sombras. Se a fome era de pão — que ela comia depressa como se pudessem tirá-lo — o medo era de trovoadas, a vergonha era de falar. Ela era gentil, honesta. "Deus me livre, não é?", dizia ausente.

Porque tinha suas ausências. O rosto se perdia numa tristeza impessoal e sem rugas. Uma tristeza mais antiga que o seu espírito. Os olhos paravam vazios; diria mesmo um pouco ásperos. A pessoa que estivesse a seu lado sofria e nada podia fazer. Só esperar.

Pois ela estava entregue a alguma coisa, a misteriosa infante. Ninguém ousaria tocá-la nesse momento. Esperava-se um pouco grave, de coração apertado, velando-a. Nada se poderia fazer por ela senão desejar que o perigo passasse. Até que num movimento sem pressa, quase um suspiro, ela acordava como um cabrito recém-nascido se ergue sobre as pernas. Voltara de seu repouso na tristeza.

Voltava, não se pode dizer mais rica, porém mais garantida depois de ter bebido em não se sabe que fonte. O que se sabe é que a fonte devia ser antiga e pura. Sim, havia profundeza nela. Mas ninguém encontraria nada se descesse nas suas profundezas — senão a própria profundeza, como na escuridão se acha a escuridão. É possível que, se alguém prosseguisse mais, encontrasse, depois de andar léguas nas trevas, um indício de caminho, guiado talvez por um bater de asas, por algum rastro de bicho. E — de repente — a floresta.

Ah, então devia ser esse o seu mistério: ela descobrira um atalho para a floresta. Decerto nas suas ausências era para lá que ia. Regressando com os olhos cheios de brandura e ignorância, olhos completos. Ignorância tão vasta que nela caberia e se perderia toda a sabedoria do mundo.

Assim era Eremita. Que se subisse à tona com tudo o que encontrara na floresta seria queimada em fogueira. Mas o que vira – em que raízes mordera, com que espinhos sangrara, em que águas banhara os pés, que escuridão de ouro fora a luz que a envolvera – tudo isso ela não contava porque ignorava: fora percebido num só olhar, rápido demais para não ser senão um mistério.

Assim, quando emergia, era uma criada. A quem chamavam constantemente da escuridão de seu atalho para funções menores, para lavar roupa, enxugar o chão, servir a uns e outros.

Mas serviria mesmo? Pois se alguém prestasse atenção veria que ela lavava roupa – ao sol; que enxugava o chão – molhado pela chuva; que estendia lençóis – ao vento. Ela se arranjava para servir muito mais remotamente, e a outros deuses. Sempre com a inteireza de espírito que trouxera da floresta. Sem um pensamento: apenas corpo se movimentando calmo, rosto pleno de uma suave esperança que ninguém dá e ninguém tira.

A única marca do perigo por que passara era o seu modo fugitivo de comer pão. No resto era serena. Mesmo quando tirava o dinheiro que a patroa esquecera sobre a mesa, mesmo quando levava para o noivo em embrulho discreto alguns gêneros da despensa. A roubar de leve ela também aprendera nas suas florestas.

A MENSAGEM

A princípio, quando a moça disse que sentia *angústia*, o rapaz se surpreendeu tanto que corou e mudou rapidamente de assunto para disfarçar o aceleramento do coração. Mas há muito tempo – desde que era jovem – ele passara afoitamente do simplismo infantil de falar dos acontecimentos em termos de "coincidência". Ou melhor – *evoluindo* muito e não acreditando nunca mais – ele considerava a expressão "coincidência" um novo truque de palavras e um renovado ludíbrio.

Assim, engolida emocionalmente a alegria involuntária que a verdadeiramente espantosa coincidência dela também sentir angústia lhe provocara – ele se viu falando com ela na sua própria angústia, e logo com uma moça! ele que de coração de mulher só recebera o beijo de mãe.

Viu-se conversando com ela, escondendo com secura o maravilhamento de enfim poder falar sobre coisas que realmente importavam; e logo com uma moça! Conversavam também sobre livros, mal podiam esconder a urgência que tinham de pôr em dia tudo em que nunca antes haviam falado. Mesmo assim, jamais certas palavras eram pronunciadas entre ambos. Desta vez não porque a expressão fosse mais uma armadilha de que os *outros* dispõem para enganar os moços. Mas por vergonha. Porque nem tudo ele teria coragem de dizer, mesmo que ela, por sentir angústia, fosse pessoa de confiança. Nem em *missão* ele falaria jamais, embora essa expressão tão perfeita, que ele por assim dizer criara, lhe ardesse na boca, ansiosa por ser dita.

Naturalmente, o fato dela também sofrer simplificara o modo de se tratar uma moça, conferindo-lhe um caráter masculino. Ele passou a tratá-la como camarada.

Ela mesma também passou a ostentar com modéstia aureolada a própria angústia, como um novo sexo. Híbridos – ainda sem terem escolhido um modo pessoal de andar, e sem terem ainda uma caligrafia definitiva, cada dia a copiarem os pontos de aula com letra diferente – híbridos eles se procuravam, mal disfarçando a gravidade. Uma vez ou outra, ele ainda sentia aquela incrédula aceitação da coincidência: ele, tão original, ter encontrado alguém que falava a sua língua! Aos poucos compactuaram. Bastava ela dizer, como numa senha, "passei ontem uma tarde ruim", e ele sabia com austeridade que ela sofria como ele sofria. Havia tristeza, orgulho e audácia entre ambos.

Até que também a palavra angústia foi secando, mostrando como a linguagem falada mentia. (Eles queriam um dia escrever.) A palavra angústia passou a tomar aquele tom que os *outros* usavam, e passou a ser um motivo de leve hostilidade entre ambos. Quando ele sofria, achava uma gafe ela falar em angústia. "Eu já *superei* esta palavra", ele sempre *superava* tudo antes dela, só depois é que a moça o alcançava.

E aos poucos ela se cansou de ser aos olhos dele a única mulher angustiada. Apesar disso lhe conferir um caráter intelectual, ela também era alerta a essa espécie de equívocos. Pois ambos queriam, acima de tudo, ser *autênticos*. Ela, por exemplo, não queria erros nem mesmo a seu favor, queria a *verdade*, por pior que fosse. Aliás, às vezes tanto melhor se fosse "por pior que fosse". Sobretudo a moça já começara a não sentir prazer em ser condecorada com o título de homem ao menor sinal que apresentava de... de ser uma pessoa. Ao mesmo tempo que isso a lisonjeava, ofendia um pouco: era como se ele se surpreendesse de ela ser capaz, exatamente por não julgá-la capaz. Embora, se ambos não tomassem cuidado, o fato dela ser mulher poderia de súbito vir à tona. Eles tomavam cuidado.

Mas, naturalmente, havia a confusão, a falta de possibilidade de explicação, e isso significava tempo que ia passando. Meses mesmo.

E apesar da hostilidade entre ambos se tornar gradativamente mais intensa, como mãos que estão perto e não se dão, eles não podiam se impedir de se procurar. E isso porque – se na boca dos *outros* chamá-los de "jovens" lhes era uma injúria – entre ambos "ser jovem" era o mútuo segredo, e a mesma desgraça irremediável. Eles não podiam deixar de se procurar porque, embora hostis – com o repúdio que seres de sexo diferente têm quando não se desejam –, embora hostis, eles acreditavam na sinceridade que cada um tinha, *versus* a grande mentira alheia. O coração ofendido de ambos não perdoava a mentira alheia. Eles eram sinceros. E, por não serem mesquinhos, passavam por cima do fato de terem muita facilidade para mentir – como se o que realmente importasse fosse apenas a sinceridade da imaginação. Assim continuaram a se procurar, vagamente orgulhosos de serem diferentes dos *outros*, tão diferentes a ponto de nem se amarem. Aqueles *outros* que nada faziam senão viver. Vagamente conscientes de que havia algo de falso em suas relações. Como se fossem homossexuais de sexo oposto, e impossibilitados de unir, em uma só, a desgraça de cada um. Eles apenas concordavam no único ponto que os unia: o erro que havia no mundo e a tácita certeza de que se eles não o salvassem seriam traidores. Quanto a amor, eles não se amavam, era claro. Ela até já lhe falara de uma paixão que tivera recentemente por um professor. Ele chegara a lhe dizer – já que ela era como um homem para ele –, chegara mesmo a lhe dizer, com uma frieza que inesperadamente se quebrara em horrível bater de coração, que um rapaz é obrigado a resolver "certos problemas", se quiser ter a cabeça livre para pensar. Ele tinha dezesseis anos, e ela, dezessete. Que ele, com severidade, resolvia de vez em quando certos problemas, nem seu pai sabia.

O fato é que, tendo uma vez se encontrado na parte secreta deles mesmos, resultara na tentação e na esperança de um dia chegar ao máximo. Que máximo?

Que é, afinal, que eles queriam? Eles não sabiam, e usavam-se como quem se agarra em rochas menores até poder sozinho galgar a maior, a difícil e a impossível; usavam-se para se exercitarem na iniciação; usavam-se impacientes, ensaiando um com o outro o modo de bater asas para que enfim – cada um sozinho e liberto – pudesse dar o grande voo solitário que também significaria o adeus um do outro. Era isso? Eles se precisavam temporariamente, irritados pelo outro ser desastrado, um culpando o outro de não ter experiência. Falhavam em cada encontro, como se numa cama se desiludissem. O que é, afinal, que queriam? Queriam aprender. Aprender o quê? eram uns desastrados. Oh, eles não poderiam dizer que eram infelizes sem ter vergonha, porque sabiam que havia os que passam fome; eles comiam com fome e vergonha. Infelizes? Como? se na verdade tocavam, sem nenhum motivo, num tal ponto extremo de felicidade como se o mundo fosse sacudido e dessa árvore imensa caíssem mil frutos. Infelizes? se eram corpos com sangue como uma flor ao sol. Como? se estavam para sempre sobre as próprias pernas fracas, conturbados, livres, milagrosamente de pé, as pernas dela depiladas, as dele indecisas mas a terminarem em sapatos número 44. Como poderiam jamais ser infelizes seres assim?

Eles eram muito infelizes. Procuravam-se cansados, expectantes, forçando uma continuação da compreensão inicial e casual que nunca se repetira – e sem nem ao menos se amarem. O ideal os sufocava, o tempo passava inútil, a urgência os chamava – eles não sabiam para o que caminhavam, e o caminho os chamava. Um pedia muito do outro, mas é que ambos tinham a mesma carência, e jamais procurariam um par mais velho que lhes ensinasse, porque não eram doidos de se entregarem sem mais nem menos ao mundo feito.

Um modo possível de ainda se salvarem seria o que eles nunca chamariam de *poesia*. Na verdade, o que seria poesia, essa palavra constrangedora? Seria encontrarem-se quando, por coincidência, caísse uma chuva repentina sobre a cidade? Ou talvez, enquanto tomavam um refresco, olharem ao mesmo tempo a cara de uma mulher passando na rua? ou mesmo encontrarem-se por coincidência na velha noite de lua e vento? Mas ambos haviam nascido com a palavra poesia já publicada com o maior despudor nos suplementos de domingo dos jornais. Poesia era a palavra dos mais velhos. E a desconfiança de ambos era enorme, como de bichos. Em quem o instinto avisa: que um dia serão caçados. Eles já tinham sido por demais enganados para poderem agora acreditar. E, para caçá-los, teria sido preciso uma enorme cautela, muito faro e muita lábia, e um carinho ainda mais cauteloso – um carinho que não os ofendesse – para, pegando-os desprevenidos, poder capturá-los na rede. E, com mais cautela ainda para não despertá-los, levá-los astuciosamente para o mundo dos viciados, para o mundo já criado; pois esse era o papel dos adultos e dos espiões. De tão longamente ludibriados, vaidosos da própria amargura, tinham repugnância por palavras, sobretudo quando uma palavra – como poesia – era tão esperta que quase exprimia, e aí então é que mostrava mesmo como exprimia pouco. Ambos tinham, na verdade, repugnância pela maioria das palavras, o que estava longe de facilitar-lhes uma comunicação, já que eles ainda não haviam inventado palavras melhores: eles se desentendiam constantemente, obstinados rivais. Poesia? Oh, como eles a detestavam. Como se fosse sexo. Eles também achavam que os *outros* queriam caçá-los não para o sexo, mas para a *normalidade*. Eles eram medrosos, científicos, exaustos de experiência. Na palavra experiência, sim, eles falavam sem pudor e sem explicá-la: a expressão ia mesmo variando sempre de significado. Experiência às vezes também se confundia com *mensagem*. Eles usavam ambas as palavras sem aprofundar-lhes muito o sentido.

Aliás, não aprofundavam nada, como se não houvesse tempo, como se existissem coisas demais sobre as quais trocar ideias. Não percebendo que não trocavam nenhuma ideia.

Bem, mas não era apenas isso, e nem com essa simplicidade. Não era apenas isso: nesse ínterim o tempo ia passando, confuso, vasto, entrecortado, e o coração do tempo era o sobressalto e havia aquele ódio contra o mundo que ninguém lhes diria que era amor desesperado e era piedade, e havia neles a cética sabedoria de velhos chineses, sabedoria que de repente podia se quebrar denunciando duas caras que se consternavam porque eles não sabiam como se sentar com naturalidade numa sorveteria: tudo então se quebrava, denunciando de repente dois impostores. O tempo ia passando, nenhuma ideia se trocava, e nunca, nunca eles se compreendiam com perfeição como na primeira vez em que ela dissera que sentia *angústia* e, por milagre, também ele dissera que sentia, e formara-se o pacto horrível. E nunca, nunca acontecia alguma coisa que enfim arrematasse a cegueira com que estendiam as mãos e que os tornasse prontos para o destino que impaciente os esperava, e os fizesse enfim dizer para sempre adeus.

Talvez estivessem tão prontos para se soltarem um do outro como uma gota de água quase a cair, e apenas esperassem algo que simbolizasse a plenitude da *angústia* para poderem se separar. Talvez, maduros como uma gota de água, tivessem provocado o acontecimento de que falarei.

O vago acontecimento em torno da casa velha só existiu porque eles estavam prontos para isso. Tratava-se apenas de uma casa velha e vazia. Mas eles tinham uma vida pobre e ansiosa como se nunca fossem envelhecer, como se nada jamais lhes fosse suceder – e então a casa tornou-se um acontecimento. Haviam voltado da última aula do período escolar. Tinham tomado o ônibus, saltado, e iam andando. Como sempre, andavam entre depressa e soltos, e de repente devagar, sem jamais acertar o passo, inquietos quanto à presença do outro. Era um dia *ruim* para ambos, véspera de férias. A última aula os deixava sem futuro e sem amarras, cada um desprezando o que na casa mútua de ambos as famílias lhes asseguravam como futuro e amor e incompreensão. Sem um dia seguinte e sem amarras, eles estavam pior que nunca, mudos, de olhos abertos.

Nessa tarde a moça estava de dentes cerrados, olhando tudo com rancor ou ardor, como se procurasse no vento, na poeira e na própria extrema pobreza de alma mais uma provocação para a cólera.

E o rapaz, naquela rua da qual eles nem sabiam o nome, o rapaz pouco tinha do homem da Criação. O dia estava pálido, e o menino mais pálido ainda, involuntariamente moço, ao vento, obrigado a viver. Estava porém suave e indeciso, como se qualquer dor só o tornasse ainda mais moço, ao contrário dela, que estava agressiva. Informes como eram, tudo lhes era possível, inclusive às vezes permutavam as qualidades: ela se tornava como um homem, e ele com uma doçura quase ignóbil de mulher. Várias vezes ele quase se despedira, mas, vago e vazio como estava, não saberia o que fazer quando voltasse para casa, como se o fim das aulas tivesse cortado o último elo. Continuara, pois, mudo atrás dela, seguindo-a com a docilidade do desamparo. Apenas um sétimo sentido de mínima escuta ao mundo o mantinha, ligando-a em obscura promessa ao dia seguinte. Não, os dois não eram propriamente neuróticos e – apesar do que eles pensavam um do outro vingativamente nos momentos de mal contida hostilidade – parece que a psicanálise não os resolveria totalmente. Ou talvez resolvesse.

Era uma das ruas que desembocam diante do Cemitério São João Batista, com poeira seca, pedras soltas e pretos parados à porta dos botequins.

Os dois andavam na calçada esburacada que mal os continha de tão estreita. Ela fez um movimento – ele pensou que ela ia atravessar a rua e deu um passo para segui-la – ela se voltou sem saber de que lado ele estava – ele recuou procurando-a. Naquele mínimo instante em que se buscaram inquietos, viraram-se ao mesmo tempo de costas para os ônibus – e ficaram de pé diante da casa, tendo ainda a procura no rosto.

Talvez tudo tivesse vindo de eles estarem com a procura no rosto. Ou talvez do fato da casa estar diretamente encostada à calçada e ficar tão "perto". Eles mal tinham espaço para olhá-la, imprensados como estavam na calçada estreita, entre o movimento ameaçador dos ônibus e a imobilidade absolutamente serena da casa. Não, não era por bombardeio: mas era uma casa quebrada, como diria uma criança.

Era grande, larga e alta como as casas ensobradadas do Rio antigo. Uma grande casa enraizada.

Com uma indagação muito maior do que a pergunta que tinham no rosto, eles se haviam voltado incautelosamente ao mesmo tempo, e a casa estava tão perto como se, saindo do nada, lhes fosse jogada aos olhos uma súbita parede. Atrás deles os ônibus, à frente a casa – não havia como não estar ali. Se recuassem seriam atingidos pelos ônibus, se avançassem esbarrariam na monstruosa casa. Tinham sido capturados.

A casa era alta, e perto, eles não podiam olhá-la sem ter que levantar infantilmente a cabeça, o que os tornou de súbito muito pequenos e transformou a casa em mansão. Era como se jamais alguma coisa tivesse estado tão perto deles. A casa devia ter tido uma cor. E qualquer que fosse a cor primitiva das janelas, estas eram agora apenas velhas e sólidas. Apequenados, eles abriram os olhos espantados: a casa era *angustiada*.

A casa era angústia e calma. Como palavra nenhuma o fora. Era uma construção que pesava no peito dos dois meninos. Um sobrado como quem leva a mão à garganta. Quem? quem a construíra, levantando aquela feiura pedra por pedra, aquela catedral do medo solidificado?! Ou fora o tempo que se colara em paredes simples e lhes dera aquele ar de estrangulamento, aquele silêncio de enforcado tranquilo? A casa era forte como um *boxeur* sem pescoço. E ter a cabeça diretamente ligada aos ombros era a angústia. Eles olharam a casa como crianças diante de uma escadaria.

Enfim ambos haviam inesperadamente alcançado a meta e estavam diante da esfinge. Boquiabertos, na extrema união do medo e do respeito e da palidez, diante daquela verdade. A nua angústia dera um pulo e colocara-se diante deles – nem ao menos familiar como a palavra que eles tinham se habituado a usar. Apenas uma casa grossa, tosca, sem pescoço, só aquela potência antiga.

Eu sou enfim a própria coisa que vocês procuravam, disse a casa grande.

E o mais engraçado é que não tenho segredo nenhum, disse também a grande casa.

A moça olhava adormecida. Quanto ao rapaz, seu sétimo sentido enganchara-se na parte mais interior da construção e ele sentia na ponta do fio um mínimo estremecimento de resposta. Mal se movia, com medo de espantar a própria atenção. A moça ancorara-se no espanto, com medo de sair deste para o terror de uma descoberta. Mal falassem, e a casa desabaria. O silêncio de ambos deixava o sobrado intacto. Mas, se antes eles tinham sido forçados a olhá-lo, agora, mesmo que lhes avisassem que o caminho estava livre para fugirem, ali ficariam, presos pelo fascínio e pelo horror. Fixando aquela coisa erguida tão antes deles nascerem, aquela coisa secular e já esvaziada de sentido, aquela coisa vinda do passado. Mas e o futuro?! Oh Deus, dai-nos o nosso futuro! A casa sem olhos, com a potência de um cego. E se tinha olhos, eram redondos olhos vazios de estátua. Oh Deus, não nos deixeis ser filhos desse passado vazio, entregai-nos ao futuro. Eles queriam ser filhos. Mas não dessa endurecida carcaça fatal, eles não compreendiam o passado: oh, livrai-nos do passado, deixai-nos cumprir o nosso duro dever. Pois não era a liberdade o que as duas crianças queriam, elas bem queriam ser convencidas e subjugadas e conduzidas – mas teria que ser por alguma coisa mais poderosa que o grande poder que lhes batia no peito.

A moça desviou subitamente o rosto, tão infeliz que sou, tão infeliz que sempre fui, as aulas acabaram, tudo acabou! – porque na sua avidez ela era ingrata com uma infância que fora provavelmente alegre. A moça subitamente desviou o rosto com uma espécie de grunhido.

Quanto ao rapaz, ele rapidamente perdia pé na vaguidão como se fosse ficando sem um pensamento. Isso também era resultado da luz da tarde: era uma luz lívida e sem hora. O rosto do rapaz estava esverdeado e calmo, e ele agora não tinha nenhuma ajuda das palavras dos *outros*: exatamente como temerariamente aspirava um dia conseguir. Só que não contara com a miséria que havia em não poder exprimir.

Verdes e nauseados, eles não saberiam exprimir. A casa simbolizava alguma coisa que eles jamais poderiam alcançar, mesmo com toda uma vida de procura de expressão. Procurar a expressão, por uma vida inteira que fosse, seria em si um divertimento, amargo e perplexo, mas divertimento, e seria uma divergência que pouco a pouco os afastaria da perigosa verdade – e os salvaria. Logo eles que, na desesperada esperteza de sobreviver, já tinham inventado para eles mesmos um futuro: ambos iam ser escritores, e com uma determinação tão obstinada como se exprimir a alma a suprimisse enfim. E se não suprimisse, seria um modo de só saber que se mente na solidão do próprio coração.

Ao passo que com a casa do passado eles não poderiam brincar. Agora, tão menores que ela, parecia-lhes que tinham apenas brincado de ser moço e doloroso e de dar a *mensagem*. Agora, espantados, tinham finalmente o que haviam perigosa e imprudentemente pedido: eram dois jovens realmente perdidos. Como diriam as pessoas mais velhas, "eles estavam tendo o que bem mereciam". E eram tão culpados como crianças culpadas, tão culpados como são inocentes os criminosos. Ah, se ainda pudessem apaziguar o mundo por eles exacerbado, assegurando-lhe: "estávamos apenas brincando! somos dois impostores!" Mas era tarde. "Rende-te sem condição e faze de ti uma parte de mim que sou o passado" – dizia-lhes a vida futura. E, por

Deus, em nome de que poderia alguém exigir que tivessem esperança de que o futuro seria deles? quem?! mas quem se interessava em esclarecer-lhes o mistério, e sem mentir? havia por acaso alguém trabalhando nesse sentido? Dessa vez, emudecidos como estavam, nem lhes ocorreria acusar a sociedade.

A moça havia subitamente voltado o rosto com um grunhido, uma espécie de soluço ou tosse.

"Meio que chorar nessa hora é bem de mulher", pensou ele do fundo de sua perdição, sem saber o que queria dizer com "essa hora". Mas esta foi a primeira solidez que ele encontrou para si mesmo. Agarrando-se a essa primeira tábua, pôde voltar cambaleante à tona, e como sempre antes da moça. Voltou antes dela, e viu uma casa de pé com um cartaz de "Aluga-se". Ouviu o ônibus às suas costas, viu uma casa vazia, e ao seu lado a moça com um rosto doentio, procurando escondê-lo do homem já acordado: ele procurava por algum motivo ocultar a cara.

Ainda vacilante, ele esperou com polidez que ela se recompusesse. Esperou vacilante, sim, mas homem. Magro e irremediavelmente moço, sim, mas homem. Um corpo de homem era a solidez que o recuperava sempre. Volta e meia, quando precisava muito, ele se tornava um homem. Então, com mão incerta, acendeu sem naturalidade um cigarro, como se ele fosse os *outros*, socorrendo-se dos gestos que a maçonaria dos homens lhe dava como apoio e caminho. E ela?

Mas a moça saiu de tudo isso pintada com batom, com o ruge meio manchado, e enfeitada por um colar azul. Plumas que um momento antes haviam feito parte de uma situação e de um futuro, mas agora era como se ela não tivesse lavado o rosto antes de dormir e acordasse com as marcas impudicas de uma orgia anterior. Pois ela, volta e meia, era uma mulher.

Com um cinismo reconfortante, o rapaz olhou-a curioso. E viu que ela não passava de uma moça.

– Fico por aqui mesmo, disse-lhe então despedindo-se com altivez, ele que nem sequer tinha mais hora certa de voltar para casa e sentia no bolso a chave da porta. Despediram-se e eles, que nunca se apertavam as mãos porque seria convencional, apertaram-se as mãos, pois ela, na falta de jeito de em tão má hora ter seios e um colar, ela estendera desastradamente a sua. O contato das duas mãos úmidas se apalpando sem amor constrangeu o rapaz como uma operação vergonhosa, ele corou. E ela, com batom e ruge, procurou disfarçar a própria nudez enfeitada. Ela não era nada, e afastou-se como se mil olhos a seguissem, esquiva na sua humildade de ter uma condição.

Vendo-a afastar-se, ele a examinou incrédulo, com um interesse divertido: "será possível que mulher possa realmente saber o que é angústia?" E a dúvida fez com que ele se sentisse muito forte. "Não, mulher servia mesmo era para outra coisa, isso não se podia negar." E era de um amigo que ele precisava. Sim, de um amigo leal. Sentiu-se então limpo e franco, sem nada a esconder, leal como um homem. De qualquer tremor de terra, ele saía com um movimento livre para a frente, com a mesma orgulhosa inconsequência que faz o cavalo relinchar. Enquanto ela saiu costeando a parede como uma intrusa, já quase mãe dos filhos que um dia teria, o corpo pressentindo a submissão, corpo sagrado e impuro a carregar. O rapaz olhou-a, espantado de ter sido ludibriado pela moça tanto tempo, e quase sorriu, quase sacudia as asas que acabavam de crescer. Sou homem, disse-lhe o sexo em obscura vitória. De cada luta ou repouso, ele saía mais homem, ser homem se alimentava mesmo daquele vento que agora arrastava poeira pelas ruas do Cemitério São João Batista. O mesmo vento de poeira que fazia com que o outro ser, o fêmeo, se encolhesse ferido, como se nenhum agasalho fosse jamais proteger a sua nudez, esse vento das ruas.

O rapaz viu-a afastar-se, acompanhando-a com olhos pornográficos e curiosos que não pouparam nenhum detalhe humilde da moça. A moça que de súbito pôs-se a correr desesperadamente para não perder o ônibus...

Num sobressalto, fascinado, o rapaz viu-a correr como uma doida para não perder o ônibus, intrigado viu-a subir no ônibus como um macaco de saia curta. O falso cigarro caiu-lhe da mão...

Alguma coisa incômoda o desequilibrara. O que era? Um momento de grande desconfiança o tomava. Mas o que era?! Urgentemente, inquietantemente: o que era? Ele a vira correr toda ágil mesmo que o coração da moça, ele bem adivinhava, estivesse pálido. E vira-a, toda cheia de impotente amor pela humanidade, subir como um macaco no ônibus – e viu-a depois sentar-se quieta e comportada, recompondo a blusa enquanto esperava que o ônibus andasse... Seria isso? Mas o que poderia haver nisso que o enchia de desconfiada atenção? Talvez o fato dela ter corrido à toa, pois o ônibus ainda não ia partir, havia pois tempo... Ela nem precisava ter corrido... Mas o que havia nisso tudo que fazia com que ele erguesse as orelhas em escuta angustiada, numa surdez de quem jamais ouvirá a explicação?

Ele tinha acabado de nascer um homem. Mas, mal assumira o seu nascimento, e estava também assumindo aquele peso no peito: mal assumira a sua glória, e uma experiência insondável dava-lhe a primeira futura ruga. Ignorante, inquieto, mal assumira a masculinidade, e uma nova fome ávida nascia, uma coisa dolorosa como um homem que nunca chora. Estaria ele tendo o primeiro medo de que alguma coisa fosse impossível? A moça era um zero naquele ônibus parado, e no entanto, homem que agora ele era, o rapaz de súbito precisava se inclinar para aquele nada, para aquela moça. E nem ao menos inclinar-se de igual para igual, nem ao menos inclinar-se para conceder... Mas, atolado no seu reino de homem, ele precisava dela. Para quê? para lembrar-se de uma cláusula? para ela ou outra qualquer não o deixasse ir longe demais e se perder? para que ele sentisse em sobressalto, como estava sentindo, que havia a possibilidade de erro? Ele precisava dela com fome para não esquecer que eram feitos da mesma carne, essa carne pobre da qual, ao subir no ônibus como um macaco, ela parecia ter feito um caminho fatal. Que é! mas afinal que é que está me acontecendo? assustou-se ele.

Nada. Nada, e que não se exagere, fora apenas um instante de fraqueza e vacilação, nada mais que isso, não havia perigo.

Apenas um instante de fraqueza e vacilação. Mas dentro desse sistema de duro juízo final, que não permite nem um segundo de incredulidade senão o ideal desaba, ele olhou estonteado a longa rua – e tudo agora estava estragado e seco como se ele tivesse a boca cheia de poeira. Agora e enfim sozinho, estava sem defesa à mercê da mentira pressurosa com que os *outros* tentavam ensiná-lo a ser um homem. Mas e a mensagem?! a mensagem esfarelada na poeira que o vento arrastava para as grades do esgoto. Mamãe, disse ele.

MENINO A BICO DE PENA

Como conhecer jamais o menino? Para conhecê-lo tenho que esperar que ele se deteriore, e só então ele estará ao meu alcance. Lá está ele, um ponto no infinito. Ninguém conhecerá o hoje dele. Nem ele próprio. Quanto a mim, olho, e é inútil: não consigo entender coisa apenas atual, totalmente atual. O que conheço dele é a sua situação: o menino é aquele em quem acabaram de nascer os primeiros dentes e é o mesmo que será médico ou carpinteiro. Enquanto isso – lá está ele sentado no chão, de um real que tenho de chamar de vegetativo para poder entender. Trinta mil desses meninos sentados no chão, teriam eles a chance de construir um mundo outro, um que levasse em conta a memória da atualidade absoluta a que um dia já pertencemos? A união faria a força. Lá está ele sentado, iniciando tudo de novo mas para a própria proteção futura dele, sem nenhuma chance verdadeira de realmente iniciar.

Não sei como desenhar o menino. Sei que é impossível desenhá-lo a carvão, pois até o bico de pena mancha o papel para além da finíssima linha de extrema atualidade em que ele vive. Um dia o domesticaremos em humano, e poderemos desenhá-lo. Pois assim fizemos conosco e com Deus. O próprio menino ajudará sua domesticação: ele é esforçado e coopera. Coopera sem saber que essa ajuda que lhe pedimos é para o seu autossacrifício. Ultimamente ele até tem treinado muito. E assim continuará progredindo até que, pouco a pouco – pela bondade necessária com que nos salvamos – ele passará do tempo atual ao tempo cotidiano, da meditação à expressão, da existência à vida. Fazendo o grande sacrifício de não ser louco. Eu não sou louco por solidariedade com os milhares de nós que, para construir o possível, também sacrificaram a verdade que seria uma loucura.

Mas por enquanto ei-lo sentado no chão, imerso num vazio profundo.

Da cozinha a mãe se certifica: você está quietinho aí? Chamado ao trabalho, o menino ergue-se com dificuldade. Cambaleia sobre as pernas, com a atenção inteira para dentro: todo o seu equilíbrio é interno. Conseguido isso, agora a inteira atenção para fora: ele observa o que o ato de se erguer provocou. Pois levantar-se teve consequências e consequências: o chão move-se incerto, uma cadeira o supera, a parede o delimita. E na parede tem o retrato de *O menino*. É difícil olhar para o retrato alto sem apoiar-se num móvel, isso ele ainda não treinou. Mas eis que sua própria dificuldade lhe serve de apoio: o que o mantém de pé é exatamente prender a atenção ao retrato alto, olhar para cima lhe serve de guindaste. Mas ele comete um erro: pestaneja. Ter pestanejado desliga-o por uma fração de segundo do retrato que o sustentava. O equilíbrio se desfaz – num único gesto total, ele cai sentado. Da boca entreaberta pelo esforço de vida a baba clara escorre e pinga no chão. Olha o pingo bem de perto, como a uma formiga. O braço ergue-se, avança em árduo mecanismo de etapas. E de súbito, como para prender um inefável, com inesperada violência ele achata a baba com a palma da mão. Pestaneja, espera. Finalmente, passado o tempo necessário que se tem de esperar pelas coisas, ele destampa cuidadosamente a mão e olha no assoalho o fruto da experiência. O chão está vazio. Em nova brusca etapa, olha a mão: o pingo de baba está, pois, colado na palma. Agora ele sabe disso também. Então, de olhos bem abertos, lambe a baba que pertence ao menino. Ele pensa bem alto: menino.

– Quem é que você está chamando? pergunta a mãe lá da cozinha.

Com esforço e gentileza ele olha pela sala, procura quem a mãe diz que ele está chamando, vira-se e cai para trás. Enquanto chora, vê a sala entortada e refratada pelas lágrimas, o volume branco cresce até ele – mãe! absorve-o com braços fortes, e eis que o menino está bem no alto do ar, bem no quente e no bom. O teto está mais perto, agora; a mesa, embaixo. E, como ele não pode mais de cansaço, começa a revirar as pupilas até que estas vão mergulhando na linha de horizonte dos olhos. Fecha-os sobre a última imagem, as grades da cama. Adormece esgotado e sereno.

A água secou na boca. A mosca bate no vidro. O sono do menino é raiado de claridade e calor, o sono vibra no ar. Até que, em pesadelo súbito, uma das palavras que ele aprendeu lhe ocorre: ele estremece violentamente, abre os olhos. E para o seu terror vê apenas isto: o vazio quente e claro do ar, sem mãe. O que ele pensa estoura em choro pela casa toda. Enquanto chora, vai se reconhecendo, transformando-se naquele que a mãe reconhecerá. Quase desfalece em soluços, com urgência ele tem que se transformar numa coisa que pode ser vista e ouvida senão ele ficará só, tem que se transformar em compreensível senão ninguém o compreenderá, senão ninguém irá para o seu silêncio ninguém o conhece se ele não disser e contar, farei tudo o que for necessário para que eu seja dos outros e os outros sejam meus, pularei por cima de minha felicidade real que só me traria abandono, e serei popular, faço a barganha de ser amado, é inteiramente mágico chorar para ter em troca: mãe.

Até que o ruído familiar entra pela porta e o menino, mudo de interesse pelo que o poder de um menino provoca, para de chorar: mãe. Mãe é: não morrer. E sua segurança é saber que tem um mundo para trair e vender, e que o venderá.

É mãe, sim é mãe com fralda na mão. A partir de ver a fralda, ele recomeça a chorar.

– Pois se você está todo molhado!

A notícia o espanta, sua curiosidade recomeça, mas agora uma curiosidade confortável e garantida. Olha com cegueira o próprio molhado, em nova etapa olha a mãe. Mas de repente se retesa e escuta com o corpo todo, o coração batendo pesado na barriga: fonfom!, reconhece ele de repente num grito de vitória e terror – o menino acaba de reconhecer!

– Isso mesmo! diz a mãe com orgulho, isso mesmo, meu amor, é fonfom que passou agora pela rua, vou contar para o papai que você já aprendeu, é assim mesmo que se diz: fonfom, meu amor! diz a mãe puxando-o de baixo para cima e depois de cima para baixo, levantando-o pelas pernas, inclinando-o para trás, puxando-o de novo de baixo para cima. Em todas as posições o menino conserva os olhos bem abertos. Secos como a fralda nova.

UMA HISTÓRIA DE TANTO AMOR

Era uma vez uma menina que observava tanto as galinhas que lhes conhecia a alma e os anseios íntimos. A galinha é ansiosa, enquanto o galo tem angústia quase humana: falta-lhe um amor verdadeiro naquele seu harém, e ainda mais tem que vigiar a noite toda para não perder a primeira das mais longínquas claridades e cantar o mais sonoro possível. É o seu dever e a sua arte. Voltando às galinhas, a menina possuía duas só dela. Uma se chamava Pedrina e a outra Petronilha.

Quando a menina achava que uma delas estava doente do fígado, ela cheirava embaixo das asas delas, com uma simplicidade de enfermeira, o que considerava ser o sintoma máximo de doenças, pois o cheiro de galinha viva não é de se brincar. Então pedia um remédio a uma tia. E a tia: "Você não tem coisa nenhuma no fígado." Então, com a intimidade que tinha com essa tia eleita, explicou-lhe para quem era o remédio. A menina achou de bom alvitre dá-lo tanto a Pedrina quanto a Petronilha para evitar contágios misteriosos. Era quase inútil dar o remédio porque Pedrina e Petronilha continuavam a passar o dia ciscando o chão e comendo porcarias que faziam mal ao fígado. E o cheiro debaixo das asas era aquela morrinha mesmo. Não lhe ocorreu dar um desodorante porque nas Minas Gerais onde o grupo vivia não eram usados assim como não se usavam roupas íntimas de *nylon* e sim de cambraia. A tia continuava a lhe dar o remédio, um líquido escuro que a menina desconfiava ser água com uns pingos de café – e vinha o inferno de tentar abrir o bico das galinhas para administrar-lhes o que as curaria de serem galinhas. A menina ainda não tinha entendido que os homens não podem ser curados de serem homens e as galinhas de serem galinhas: tanto o homem como a galinha têm misérias e grandeza (a da galinha é a de pôr um ovo branco de forma perfeita) inerentes à própria espécie. A menina morava no campo e não havia farmácia perto para ela consultar.

Outro inferno de dificuldade era quando a menina achava Pedrina e Petronilha magras debaixo das penas arrepiadas, apesar de comerem o dia inteiro. A menina não entendera que engordá-las seria apressar-lhes um destino na mesa. E recomeçava o trabalho mais difícil: o de abrir-lhes o bico. A menina tornou-se grande conhecedora intuitiva de galinhas naquele imenso quintal das Minas Gerais. E quando cresceu ficou surpresa ao saber que na gíria o termo *galinha* tinha outra acepção. Sem notar a seriedade cômica que a coisa toda tomava:

– Mas é o galo, que é um nervoso, é quem quer! Elas não fazem nada demais! e é tão rápido que mal se vê! O galo é quem fica procurando amar uma e não consegue!

Um dia a família resolveu levar a menina para passar o dia na casa de um parente, bem longe de casa. E quando voltou, já não existia aquela que em vida fora Petronilha. Sua tia informou-lhe:

— Nós comemos Petronilha.

A menina era criatura de grande capacidade de amar: uma galinha não corresponde ao amor que se lhe dá e no entanto a menina continuava a amá-la sem esperar reciprocidade. Quando soube o que acontecera com Petronilha passou a odiar todo o mundo da casa, menos sua mãe que não gostava de comer galinha e os empregados que comeram carne de vaca ou de boi. O seu pai, então, ela mal conseguiu olhar: era ele quem mais gostava de comer galinha. Sua mãe percebeu tudo e explicou-lhe.

— Quando a gente come bichos, os bichos ficam mais parecidos com a gente, estando assim dentro de nós. Daqui de casa só nós duas é que não temos Petronilha dentro de nós. É uma pena.

Pedrina, secretamente a preferida da menina, morreu de morte morrida mesmo, pois sempre fora um ente frágil. A menina, ao ver Pedrina tremendo num quintal ardente de sol, embrulhou-a num pano escuro e depois de bem embrulhadinha botou-a em cima daqueles grandes fogões de tijolos das fazendas das minas-gerais. Todos lhe avisaram que estava apressando a morte de Pedrina, mas a menina era obstinada e pôs mesmo Pedrina toda enrolada em cima dos tijolos quentes. Quando na manhã seguinte Pedrina amanheceu dura de tão morta, a menina só então, entre lágrimas intermináveis, se convenceu de que apressara a morte do ser querido.

Um pouco maiorzinha, a menina teve uma galinha chamada Eponina.

O amor por Eponina: dessa vez era um amor mais realista e não romântico; era o amor de quem já sofreu por amor. E quando chegou a vez de Eponina ser comida, a menina não apenas soube como achou que era o destino fatal de quem nascia galinha. As galinhas pareciam ter uma pré-

-ciência do próprio destino e não aprendiam a amar os donos nem o galo. Uma galinha é sozinha no mundo.

Mas a menina não esquecera o que sua mãe dissera a respeito de comer bichos amados: comeu Eponina mais do que todo o resto da família, comeu sem fome, mas com um prazer quase físico porque sabia agora que assim Eponina se incorporaria nela e se tornaria mais sua do que em vida. Tinham feito Eponina ao molho pardo. De modo que a menina, num ritual pagão que lhe foi transmitido de corpo a corpo através dos séculos, comeu-lhe a carne e bebeu-lhe o sangue. Nessa refeição tinha ciúmes de quem também comia Eponina. A menina era um ser feito para amar até que se tornou moça e havia os homens.

AS ÁGUAS DO MUNDO

aí está ele, o mar, a mais ininteligível das existências não humanas. E aqui está a mulher, de pé na praia, o mais ininteligível dos seres vivos. Como ser humano fez um dia uma pergunta sobre si mesmo, tornou-se o mais ininteligível dos seres vivos. Ela e o mar.

Só poderia haver um encontro de seus mistérios se um se entregasse ao outro: a entrega de dois mundos incognoscíveis feita com a confiança com que se entregariam duas compreensões.

Ela olha o mar, é o que pode fazer. Ele só lhe é delimitado pela linha do horizonte, isto é, pela sua incapacidade humana de ver a curvatura da terra.

São seis horas da manhã. Só um cão livre hesita na praia, um cão negro. Por que é que um cão é tão livre? Por que ele é o mistério vivo que não se indaga. A mulher hesita porque vai entrar.

Seu corpo se consola com sua própria exiguidade em relação à vastidão do mar porque é a exiguidade do corpo que o permite manter-se quente e é essa exiguidade que a torna pobre e livre gente, com sua parte de liberdade de cão nas areias. Esse corpo entrará no ilimitado frio que sem raiva ruge no silêncio das seis horas. A mulher não está sabendo: mas está cumprindo uma coragem. Com a praia vazia nessa hora da manhã, ela não tem o exemplo de outros humanos que transformam a entrada no mar em simples jogo leviano de viver. Ela está sozinha. O mar salgado não é sozinho porque é salgado e grande, e isso é uma realização. Nessa hora ela se conhece menos ainda do que conhece o mar. Sua coragem é a de, não se conhecendo, no entanto prosseguir. É fatal não se conhecer, e não se conhecer exige coragem.

Vai entrando. A água salgada é de um frio que lhe arrepia em ritual as pernas. Mas uma alegria fatal – a alegria é uma fatalidade – já a tomou, embora nem lhe ocorra sorrir. Pelo contrário, está muito séria. O cheiro é de uma maresia tonteante que a desperta de seus mais adormecidos sonos seculares. E agora ela está alerta, mesmo sem pensar, como um caçador está alerta sem pensar. A mulher é agora uma compacta e uma leve e uma aguda – e abre caminho na gelidez que, líquida, se põe a ela, e no entanto a deixa entrar, como no amor em que a oposição pode ser um pedido.

O caminho lento aumenta sua coragem secreta. E de repente ela se deixa cobrir pela primeira onda. O sal, o iodo, tudo líquido, deixam-na por uns instantes cega, toda escorrendo – espantada de pé, fertilizada.

Agora o frio se transforma em frígido. Avançando, ela abre o mar pelo meio. Já não precisa da coragem, agora já é antiga no ritual. Abaixa a cabeça dentro do brilho do mar, e retira uma cabeleira que sai escorrendo toda sobre os olhos salgados que ardem. Brinca com a mão na água, pausada, os cabelos ao sol quase imediatamente já estão se endurecendo de sal. Com a concha das mãos faz o que sempre fez no mar, e com a altivez dos que nunca darão explicação nem a eles mesmos: com a concha das mãos cheia de água, bebe em goles grandes, bons.

E era isso o que lhe estava faltando: o mar por dentro como o líquido espesso de um homem. Agora ela está toda igual a si mesma. A garganta alimentada se constringe pelo sal, os olhos avermelham-se pelo sal secado pelo sol, as ondas suaves lhe batem e voltam pois ela é um anteparo compacto.

Mergulha de novo, de novo bebe mais água, agora sem sofreguidão pois não precisa mais. Ela é a amante que sabe que terá tudo de novo. O sol se abre mais e arrepia-a ao secá-la, ela mergulha de novo: está cada vez menos sôfrega e menos aguda. Agora sabe o que quer. Quer ficar de pé parada no mar. Assim fica, pois. Como contra os costados de um navio, a água bate, volta, bate. A mulher não recebe transmissões. Não precisa de comunicação.

Depois caminha dentro da água de volta à praia. Não está caminhando sobre as águas – ah nunca faria isso depois que há milênios já andaram sobre as águas – mas ninguém lhe tira isso: caminhar dentro das águas. Às vezes o mar lhe opõe resistência puxando-a com força para trás, mas então a proa da mulher avança um pouco mais dura e áspera.

E agora pisa na areia. Sabe que está brilhando de água, e sal e sol. Mesmo que o esqueça daqui a uns minutos, nunca poderá perder tudo isso. E sabe de algum modo obscuro que seus cabelos escorridos são de um náufrago. Porque sabe – sabe que fez um perigo. Um perigo tão antigo quanto o ser humano.

A QUINTA HISTÓRIA

sta história poderia chamar-se "As estátuas". Outro nome possível é "O assassinato". E também "Como matar baratas". Farei então pelo menos três histórias, verdadeiras, porque nenhuma delas mente a outra. Embora uma única, seriam mil e uma, se mil e uma noites me dessem.

A primeira, "Como matar baratas", começa assim: queixei-me de baratas. Uma senhora ouviu-me a queixa. Deu-me a receita de como matá-las. Que misturasse em partes iguais açúcar, farinha e gesso. A farinha e o açúcar as atrairiam, o gesso esturricaria o de-dentro delas. Assim fiz. Morreram.

A outra história é a primeira mesmo e chama-se "O assassinato". Começa assim: queixei-me de baratas. Uma senhora ouviu-me. Segue-se a receita. E então entra o assassinato. A verdade é que só em abstrato me havia queixado de baratas, que nem minhas eram: pertenciam ao andar térreo e escalavam os canos do edifício até o nosso lar. Só na hora de preparar a mistura é que elas se tornaram minhas também. Em nosso nome, então, comecei a medir e pesar ingredientes numa concentração um pouco mais intensa. Um vago rancor me tomara, um senso de ultraje. De dia as baratas eram invisíveis e ninguém acreditaria no mal secreto que roía casa tão tranquila. Mas se elas, como os males secretos, dormiam de dia, ali estava eu a preparar-lhes o veneno da noite. Meticulosa, ardente, eu aviava o elixir da longa morte. Um medo excitado e meu próprio mal secreto me guiavam. Agora eu só queria gelidamente uma coisa: matar cada barata que existe. Baratas sobem pelos canos enquanto a gente, cansada, sonha. E eis que a receita estava pronta, tão branca. Como para baratas espertas como eu, espalhei habilmente o pó até que este mais parecia fazer parte da natureza. De minha cama, no silêncio do apartamento, eu as imaginava subindo uma a uma até a área de serviço onde o escuro dormia, só uma toalha alerta no varal. Acordei horas depois em sobressalto de atraso. Já era de madrugada. Atravessei a cozinha. No chão da área lá estavam elas, duras, grandes. Durante a noite eu matara. Em nosso nome, amanhecia. No morro um galo cantou.

A terceira história que ora se inicia é a das "Estátuas". Começa dizendo que eu me queixara de baratas. Depois vem a mesma senhora. Vai indo até o ponto em que, de madrugada, acordo e ainda sonolenta atravesso a cozinha. Mais sonolenta que eu está a área na sua perspectiva de ladrilhos. E na escuridão da aurora, um arroxeado que distancia tudo, distingo a meus pés sombras e brancuras: dezenas de estátuas se espalham rígidas. As baratas que haviam endurecido de dentro para fora. Algumas de barriga para cima. Outras no meio de um gesto que não se completaria jamais. Na boca de umas um pouco da comida branca. Sou a primeira testemunha do alvorecer em Pompeia. Sei como foi esta última noite, sei da orgia no escuro. Em algumas o gesso terá endurecido tão lentamente como num processo vital, e elas, com movimentos cada vez mais penosos, terão sofregamente intensificado as alegrias da noite, tentando fugir de dentro de si mesmas. Até que de pedra se tornam, em espanto de inocência, e com tal, tal olhar de censura magoada. Outras – subitamente assaltadas pelo próprio âmago, sem nem sequer ter tido a intuição de um molde interno que se petrificava! – essas de súbito se cristalizam, assim como a palavra é cortada da boca: eu te... Elas que, usando o nome de amor em vão, na noite de verão cantavam. Enquanto aquela ali, a de antena marrom suja de branco, terá adivinhado tarde demais que se mumificara exatamente por não ter sabido usar as coisas com a graça gratuita do em vão: "é que olhei demais para dentro de mim! é que olhei demais para dentro de..." – de minha fria altura de gente olho a derrocada de um mundo. Amanhece. Uma ou outra antena de barata morta freme seca à brisa. Da história anterior canta o galo.

A quarta narrativa inaugura nova era no lar. Começa como se sabe: queixei-me de baratas. Vai até o momento em que vejo os monumentos de gesso. Mortas, sim. Mas olho para os canos, por onde esta mesma noite renovar-se-á uma população lenta e viva em fila indiana. Eu iria então renovar todas as noites o açúcar letal? como quem já não dorme sem a avidez de um rito. E todas as madrugadas me conduziria sonâmbula até o pavilhão? no vício de ir ao encontro das estátuas que minha noite suada erguia. Estremeci de mau prazer à visão daquela vida dupla de feiticeira. E estremeci também ao aviso do gesso que seca: o vício de viver que rebentaria meu molde interno. Áspero instante de escolha entre dois caminhos que, pensava eu, se dizem adeus, e certa de que qualquer escolha seria a do sacrifício: eu ou minha alma. Escolhi. E hoje ostento secretamente no coração uma placa de virtude: "Esta casa foi dedetizada."

A quinta história chama-se "Leibnitz e a transcendência do amor na Polinésia". Começa assim: queixei-me de baratas.

ENCARNAÇÃO INVOLUNTÁRIA

À vezes, quando vejo uma pessoa que nunca vi, e tenho algum tempo para observá-la, eu me encarno nela e assim dou um grande passo para conhecê-la. E essa intrusão numa pessoa, qualquer que seja ela, nunca termina pela sua própria autoacusação: ao nela me encarnar, compreendo-lhe os motivos e perdoo. Preciso é prestar atenção para não me encarnar numa vida perigosa e atraente, e que por isso mesmo eu não queira o retorno a mim mesma.

Um dia, no avião... ah, meu Deus – implorei – isso não, não quero ser essa missionária!

Mas era inútil. Eu sabia que, por causa de três horas de sua presença, eu por vários dias seria missionária. A magreza e a delicadeza extremamente polida de missionária já me haviam tomado. É com curiosidade, algum deslumbramento e cansaço prévio que sucumbo à vida que vou experimentar por uns dias viver. E com alguma apreensão, do ponto de vista prático: ando agora muito ocupada demais com os meus deveres e prazeres para poder arcar com o peso dessa vida que não conheço – mas cuja tensão evangelical já começo a sentir. No avião mesmo percebo que já comecei a andar com esse passo de santa leiga: então compreendo como a missionária é paciente, como se apaga com esse passo que mal quer tocar no chão, como se pisar mais forte viesse prejudicar os outros. Agora sou pálida, sem nenhuma pintura nos lábios, tenho o rosto fino e uso aquela espécie de chapéu de missionária.

Quando eu saltar em terra provavelmente já terei esse ar de sofrimento-superado-pela-paz-de-se-ter-uma-missão. E no meu rosto estará impressa a doçura da esperança moral. Porque sobretudo me tornei toda moral. No entanto quando entrei no avião estava tão sadiamente amoral. Estava, não, estou! Grito-me eu em revolta contra os preconceitos da missionária. Inútil: toda a minha força está sendo usada para eu conseguir ser frágil. Finjo ler uma revista, enquanto ela lê a Bíblia.

Vamos ter uma descida curta em terra. O aeromoço distribui chicletes. E ela cora mal o rapaz se aproxima.

Em terra sou uma missionária ao vento do aeroporto, seguro minhas imaginárias saias longas e cinzentas contra o despudor do vento. Entendo, entendo. Entendo-a, ah, como a entendo e ao seu pudor de existir quando está fora das horas em que cumpre sua missão. Acuso, como a missionariazinha, as saias curtas das mulheres, tentação para os homens. E, quando não entendo, é com o mesmo fanatismo depurado dessa mulher pálida que facilmente cora à aproximação do rapaz que nos avisa que devemos prosseguir viagem.

Já sei que só daí a dias conseguirei recomeçar enfim integralmente a minha própria vida. Que, quem sabe, talvez nunca tenha sido própria, senão no momento de nascer, e o resto tenha sido encarnações. Mas não: eu sou uma pessoa. E quando o fantasma de mim mesma me toma – então é um tal encontro de alegria, uma tal festa, que a modo de dizer choramos uma no ombro da outra. Depois enxugamos as lágrimas felizes, meu fantasma se incorpora plenamente em mim, e saímos com alguma altivez por esse mundo afora.

Uma vez, também em viagem, encontrei uma prostituta perfumadíssima que fumava entrefechando os olhos e estes ao mesmo tempo olhavam fixamente um homem que já estava sendo hipnotizado. Passei imediatamente, para melhor compreender, a fumar de olhos entrefechados para o único homem ao alcance de minha visão intencionada. Mas o homem gordo que eu olhara para experimentar e ter a alma da prostituta, o gordo estava mergulhado no *New York Times*. E meu perfume era discreto demais. Falhou tudo.

DUAS HISTÓRIAS A MEU MODO

Uma vez, não tendo o que fazer, fiz uma espécie de *exercício de escrever*, para me divertir. E diverti-me. Tomei como tema uma dupla história de Marcel Aymé. Encontrei hoje o exercício, e é assim:

Boa história de vinho é a do homem que deste não gostava, e Félicien Guérillot, dono exatamente de vinhedos, era o seu nome – inventados nomes, homem e história por Marcel Aymé, e tão bem inventados que para ser verdade só da verdade careciam.

Viveria Félicien – se vivesse – em Arbois, terra de França, e casado com mulher que não era nem mais bonita nem mais benfeita do que é necessário para a tranquilidade de um honesto homem. De boa família ele era, apesar de não gostar de vinho. E no entanto as melhores do lugar eram as suas vinhas. De nenhum vinho gostava, e em vão procurava aquele que o libertasse da maldição de não amar a excelência do que é excelente. Pois que mesmo na sede, que é hora de aceitar vinho, o melhor gole a ele sabia a coisa ruim.

Leontina, a esposa que não era nem muito nem pouco, com ele ocultava de todos a vergonha.

A história, agora por mim inteiramente reescrita, continuaria muito bem – e melhor ainda se a nós o seu núcleo pertencesse, pelas boas ideias que tenho de como terminá-la. Marcel Aymé, porém, que a começou, neste ponto da descrição do homem que não amava vinho parece que da história mesma se enojou. E ele próprio interferiu para dizer: mas de repente ela me chateia, essa história. E para desta escapar, como quem bebe vinho para esquecer, eis que o autor começa a falar de tudo o que poderia inventar a respeito de Félicien, mas que não inventará porque não quer. Lamenta muito, pois até chegaria a fazer com que Félicien fingisse tremor alcoólico a fim de esconder dos outros a falta de tremor. Bom autor, esse Marcel Aymé. Tanto que várias páginas gastou em torno do que ele mesmo inventaria se Félicien fosse pessoa que lhe interessasse. A verdade é que Aymé, enquanto vai contando o que inventaria, aproveita e conta mesmo – só que nós sabemos que não é, porque até no que se inventa não vale o que apenas seria.

E é nesse ponto que Aymé passa para outra história. Não querendo mais história de vinho triste, para Paris se muda, onde pega um homem chamado Duvilé.

E em Paris é o contrário: Etienne Duvilé, esse gostava de vinho mas não o tinha. Garrafa cara, e Etienne funcionário estadual. Bem que gostaria de se corromper mas vender ou trair o Estado não é ocasião que apareça todos os dias. A ocasião de todos os dias era uma casa cheia de filhos, e um sogro que de comer sem parar vivia. A família sonhando com mesa farta, e Duvilé com vinho.

E vai um dia Etienne sonha mesmo, com o que desejamos dizer que dessa vez enquanto sonhava dormia. Mas agora que o sonho deveríamos contar – pois que Marcel

Aymé o faz e longamente – agora é a nós que *ça vraiment* nos chateia. Escamoteamos o que o autor quis narrar, assim como foi escamoteado pelo autor o que de Félicien queríamos ouvir.

Dir-se-á aqui apenas que Duvilé, após o sonho de um sábado, à noite, de muito piorou na sede. E o ódio pelo sogro mais uma sede parecia. E tanto foi tudo se complicando, sempre tendo como causa a falta original do vinho, que de sede quase mata o pai de sua esposa, que esta Aymé não explica se era ou não benfeita, pelo visto nem sim nem não, só o vinho na história importa. De sonho dormido passou a sonho acordado, o que já é doença. E queria Duvilé beber todo o mundo, e no distrito policial manifestou desejo de beber o comissário.

Permanece até hoje Duvilé no asilo de alienados, e não se vê hora dele sair, já que os médicos, não lhe entendendo o espírito o submetem à cura de excelente água mineral que estanca sedes pequenas e não a grande.

Enquanto isso, Aymé, talvez de sede e piedade, ele mesmo tomado, espera que a família de Duvilé o envie à boa terra de Arbois, onde aquele primeiro homem, Félicien Guérillot, depois de aventuras que mereceriam ser contadas, o gosto pelo vinho já pegou. E, como não nos dizem de que modo, também por aqui ficamos, com duas histórias não bem contadas, nem por Aymé nem por nós, mas de vinho quer-se pouco da fala e mais do vinho.

O PRIMEIRO BEIJO

Os dois mais murmuravam que conversavam: havia pouco iniciara-se o namoro e ambos andavam tontos, era o amor. Amor com o que vem junto: ciúme.

– Está bem, acredito que sou a sua primeira namorada, fico feliz com isso. Mas me diga a verdade, só a verdade: você nunca beijou uma mulher antes de me beijar?

Ele foi simples:

– Sim, já beijei antes uma mulher.

– Quem era ela? perguntou com dor.

Ele tentou contar toscamente, não sabia como dizer.

O ônibus da excursão subia lentamente a serra. Ele, um dos garotos no meio da garotada em algazarra, deixava a brisa fresca bater-lhe no rosto e entrar-lhe pelos cabelos com dedos longos, finos e sem peso como os de uma mãe. Ficar às vezes quieto, sem quase pensar, e apenas sentir – era tão bom. A concentração no sentir era difícil no meio da balbúrdia dos companheiros.

E mesmo a sede começara: brincar com a turma, falar bem alto, mais alto que o barulho do motor, rir, gritar, pensar, sentir, puxa vida! como deixava a garganta seca.

E nem sombra de água. O jeito era juntar saliva, e foi o que fez. Depois de reunida na boca ardente engolia-a lentamente, outra vez e mais outra. Era morna, porém, a saliva, e não tirava a sede. Uma sede enorme maior do que ele próprio, que lhe tomava agora o corpo todo.

A brisa fina, antes tão boa, agora ao sol do meio-dia tornara-se quente e árida e ao penetrar pelo nariz secava ainda mais a pouca saliva que pacientemente juntava.

E se fechasse as narinas e respirasse um pouco menos daquele vento de deserto? Tentou por instantes mas logo sufocava. O jeito era mesmo esperar, esperar. Talvez minutos apenas, talvez horas, enquanto sua sede era de anos.

Não sabia como e por que mas agora se sentia mais perto da água, pressentia-a mais próxima, e seus olhos saltavam para fora da janela procurando a estrada, penetrando entre os arbustos, espreitando, farejando.

O instinto animal dentro dele não errara: na curva inesperada da estrada, entre arbustos, estava... o chafariz de onde brotava num filete a água sonhada.

O ônibus parou, todos estavam com sede mas ele conseguiu ser o primeiro a chegar ao chafariz de pedra, antes de todos.

De olhos fechados entreabriu os lábios e colou-os ferozmente ao orifício de onde jorrava a água. O primeiro gole fresco desceu, escorrendo pelo peito até a barriga.

Era a vida voltando, e com esta encharcou todo o seu interior arenoso até se saciar. Agora podia abrir os olhos.

Abriu-os e viu bem junto de sua cara dois olhos de estátua fitando-o e viu que era a estátua de uma mulher e que era da boca da mulher que saía a água. Lembrou-se de que realmente ao primeiro gole sentira nos lábios um contato gélido, mais frio do que a água.

E soube então que havia colado sua boca na boca da estátua da mulher de pedra. A vida havia jorrado dessa boca, de uma boca para outra.

Intuitivamente, confuso na sua inocência, sentia intrigado: mas não é de uma mulher que sai o líquido vivificador, o líquido germinador de vida... Olhou a estátua nua.

Ele a havia beijado.

Sofreu um tremor que não se via por fora e que se iniciou bem dentro dele e tomou-lhe o corpo todo estourando pelo rosto em brasa viva.

Deu um passo para trás ou para a frente, nem sabia mais o que fazia. Perturbado, atônito, percebeu que uma parte de seu corpo, sempre antes relaxada, estava agora com uma tensão agressiva, e isso nunca lhe tinha acontecido.

Estava de pé, docemente agressivo, sozinho no meio dos outros, de coração batendo fundo, espaçado, sentindo o mundo se transformar. A vida era inteiramente nova, era outra, descoberta com sobressalto. Perplexo, num equilíbrio frágil.

Até que, vinda da profundeza de seu ser, jorrou de uma fonte oculta nele a verdade. Que logo o encheu de susto e logo também de um orgulho antes jamais sentido: ele...

Ele se tornara homem.

POSFÁCIO
UM FIO SOBRE O ABISMO

terminada a leitura deste livro, o que temos é Clarice Lispector em sua plenitude. Não apenas é ela a personagem da quase totalidade dos contos, traçando seu próprio retrato ou o retrato de seus sentimentos – ela na infância, ela na juventude, ela mãe e atenta observadora dos filhos, ela e suas relação com as galinhas – como o mundo que nos entrega, pura densidade, é fruto de sua constante observação da vida. "Ficar atenta me tomava dias e dias", diz em "Os desastres de Sofia". Em verdade, tomava muito mais do que isso. Clarice era uma mulher em constante estado de atenção. Um ser em alta voltagem.

A atenção de Clarice sempre teve dois gumes, ao mesmo tempo voltada para fora e sangrando para dentro. Pois tudo o que via, tudo aquilo que convocava sua atenção se prolongava em interrogações pessoais labirínticas, como se ela mesma fosse filtro do mundo e referência primeira dos seus questionamentos.

Por isso, os papeizinhos rabiscados em qualquer circunstância, que depois serviriam para compor contos, romances e crônicas, em longo trabalho de costura. O que lhe havia custado tanto empenho e tanta percuciência não podia perder-se.

"Às vezes, quando vejo uma pessoa que nunca vi, e tenho algum tempo para observá-la, eu me encarno nela (...)." A frase que dá início ao conto "Encarnação involuntária", nos diz bem do olhar de Clarice. Mais do que apenas observar, ela se encarna no outro para tentar entendê-lo. E "ao nela me encarnar, compreendo-lhe os motivos". O que ela busca é o entendimento do outro e, através dele, o entendimento de si, embora a "prematura aceitação de que a chave não está com ninguém".

Já na infância Clarice tinha dificuldade em se aceitar: "Naquele carnaval, pois, pela primeira vez na vida eu teria o que sempre quisera: ia ser outra que não eu mesma." Essa outra, essa gêmea impossível, ela a buscaria durante toda a vida.

Em outro conto, Clarice desenha sem qualquer complacência a menina que foi: "Suportando com desenvolta amargura as minhas pernas compridas e os sapatos sempre cambaios, humilhada por não ser uma flor, e sobretudo, torturada por uma infância enorme que eu temia nunca chegar a um fim."

No entanto, em certo momento ela havia sido uma flor: "E eu, então, mulherzinha de 8 anos, considerei pelo resto da noite que enfim alguém me havia reconhecido: eu era, sim, uma rosa." Talvez por isso roubasse rosas em jardim alheio, como menina que rouba o espelho da mãe em busca de um duplo rosto, o seu próprio e o da mãe ao qual se assemelhará no futuro.

A situação econômica precária da família, a mãe doente, o fato de ser a caçula com diferença de idade considerável entre ela e as irmãs, certamente a deixavam isolada. Em entrevista a Leo Gilson Ribeiro contou seu sentimento de solidão. "Nunca gostei de ficar em casa. Sempre que podia estava na calçada querendo encontrar alguém para brincar. (...) Por isso, quando via um menino ou menina passar na porta de casa perguntava: 'Você quer brincar comigo?' Os não eram muitos, os sim, poucos."

Além disso, era menina muito clara "numa terra de morenos", e os seus olhos rasgados, seus zigomas altos, a língua presa obrigando-a a um sotaque aparentemente estrangeiro – fenômeno físico que o foniatra e escritor Pedro Bloch desmentia, atribuindo-o a uma imitação infantil da fala dos pais – aumentavam seu sentimento de estranheza. Como tantas pessoas transplantadas e de família estrangeira, buscava pertencer, buscava reconhecimento. Nem que fosse o de um cão basset ruivo "lindo e miserável".

PISTAS EMBARALHADAS

Muito cedo Clarice tornou-se senhora do seu fazer.

No entanto, ao escrever as crônicas para o Caderno B do *Jornal do Brasil* entre 1967 e 1973 – crônicas e não crônicas como alguns contos deste livro, um dos quais lhe dá o título – Clarice disse repetidas vezes, como havia dito anteriormente na revista *Senhor*, que não sabia fazer crônicas, que não sabia sequer o que fosse uma crônica.

Gostava de embaralhar as pistas, Clarice. Como quando dizia ter uma idade diferente da que tinha – nunca se envelhecendo, porém – ou quando declarava não estar lendo nada, embora nas visitas que fazíamos à sua casa, meu marido Affonso e eu, sempre houvesse um ou outro livro esquecido em cima de uma poltrona ou móvel. Ou quando escreveu no *JB*: "Crônica é um relato? É uma conversa? É o resumo de um estado de espírito? Não sei, pois antes de começar a escrever para o *Jornal do Brasil* eu só tinha escrito romances e contos", omitindo toda a sua atividade jornalística anterior. Desejava, sim, reconhecimento, mas temia a devassa do seu eu, e tratava de colocar anteparos!

Não só sabia perfeitamente o que era uma crônica, como a frequentava através da amizade fraterna com dois dos cronistas mais importantes do seu tempo. O que não queria era ter sua escrita posta em molde por editores, ou por eventuais críticas de leitores. O espaço era dela, e o administraria a seu modo, sem subserviência às arquiteturas costumeiras.

E que delícia que assim tenha sido! Suas crônicas não obedeciam a nenhum modelo da crônica tradicional. Estavam a quilômetros de distância das comportadas crônicas de Drummond, seu companheiro de veículo. Nem eram como as do amigo Rubem Braga, magnificamente construídas a partir de um ponto de partida insignificante, ou as do seu outro grande amigo e conselheiro literário Fernando Sabino, semelhantes a contos, leves e atravessadas por notas de humor – aos dois deve-se, aliás, em sua função de fundadores da editora Sabiá, a primeira edição deste livro, em 1971.

As crônicas de Clarice obedecem a seu jeito único de escrever, que podia ser fluido ou intermitente e que assim era entregue, quase como um confessionário ou uma súbita revelação. Constituíam um novo modelo de crônica, criado por ela a partir da seção "Children's Corner", que havia mantido na revista *Senhor* na década de 1960.

Uma ideia, um pensamento, uma sensação a invadia em meio ao cotidiano e ela o colhia na ponta da caneta ou do lápis como se colhe uma borboleta em voo, para depositá-lo na palma da mão dos seus leitores do sábado.

Adiante, trabalharia como uma aranha, tirando de si mesma o fio transformador com que ligar esses fragmentos na rede espessa dos seus textos, ciente de que os rompantes da sua sensibilidade sempre desperta eram água da mesma fonte.

Nem todas as anotações seriam aproveitadas. Mas, como disse em entrevista a Remy Gorga Filho: "Pouco a pouco, tudo se coordena dentro de mim. Cada vez que as copio, vou mais fundo em seu sentido, entendo melhor o que desejo dizer e tudo aquilo que apareceu em mim como uma nebulosa." Copiava diversas vezes não só as anotações, como romances inteiros, e tornava a copiá-los quantas vezes achasse necessário para descer "pouco a pouco" ao fundo do entendimento, e aprimorar a escrita. E isso, em um tempo sem computador em que papel carbono fazia-se necessário. O conto "O crime professor de matemática" foi copiado e reelaborado seguidas vezes, e o romance *A maçã no escuro* foi copiado onze vezes, até Clarice ter plena compreensão e domínio daquilo que, inicialmente, havia sido uma nebulosa. Lembro de suas repetidas recomendações ao telefone do jornal, pedindo – melhor dito, exigindo – que os revisores não alterassem sequer sua pontuação. "Minha pontuação é minha respiração", me dizia.

UM FIO ESTENDIDO

Um elemento liga todos os contos deste livro, apesar de cada um ter seu universo claramente circunscrito: algo está em suspensão. Entre o medo e a esperança. Entre o amor e a crueldade. Entre a realidade e a promessa. Entre a escuridão e a epifania. Em suspensão como um fio estendido sobre o abismo, no qual a personagem se equilibra ameaçada pela queda. Todo dia a menina bate à porta da filha do dono da livraria, mas o livro que ela espera não é entregue e ela terá que voltar no dia seguinte; o menino de óculos vai passar o dia com a prima sem filhos, mas o que ele previu não se realiza, pois o que ela deseja ele não pode dar; da Avenida Copacabana se veem nesgas de mar, mas um rato esmagado na calçada restabelece a vulnerabilidade do ser; o professor gordo, grande e silencioso, perseguido pela aluna, se transforma por um choque de doçura; a menina enigmática que veio fazer uma visita, sai bem-comportada, mas matou o pintinho. O inesperado aguarda as personagens de Clarice, que se encaminham em uma direção e se deparam com outra, num cotidiano feito de esquinas atrás das quais tudo pode se ocultar.

Esse inesperado se anuncia no texto antes mesmo do fato, obrigando o leitor a avançar às apalpadelas como se cego, tão à beira do abismo quanto as personagens. "No que precede o acontecimento – é lá que eu vivo."

E se corporifica em tantos pontos de interrogação, em tantos desconhecimentos. "Eu era a escura ignorância com suas fomes e risos (...) que podia eu fazer?" "Se lhe perguntassem sobre Ofélia e seus pais teria respondido (...): mal os conheci. Diante do mesmo júri ao qual responderia: mal me conheço – e para cada cara de jurado diria (...): mal vos conheço." A mulher sozinha entra no mar e pensa: "É fatal não se conhecer, e não se conhecer exige coragem."

Não se conhecer, ou não conhecer o outro exige de Clarice a busca constante, a constante atenção.

Um antídoto contra a escuridão do desconhecimento aflora, porém, em vários contos deste livro: a esperança. A "esperança da alegria", a "suave esperança que ninguém dá e ninguém tira", a "esperançosa ameaça", "poderia alguém exigir que tivessem esperança?". A mesma esperança que no romance *A maçã no escuro* surge em frase triunfal dita a Martin por seu pai: "Então vai, meu filho! Eu te ordeno. Ordeno que sofras esperança."

Só em "Os desastres de Sofia" Clarice revela aquilo que o leitor já intuía: "É possível também que já então meu tema de vida fosse a irrazoável esperança."

A ESSÊNCIA DA VIDA

Num esforço de autoconhecimento, Clarice buscava não apenas a si mesma mas à essência da vida. Alcançar essa essência equivalia para ela a "ser mãe das coisas", assim como havia se sentido "mãe de Deus" antes de deparar-se com o rato morto.

De alguma forma isso nos aproxima de "O ovo e a galinha", conto que ela havia se programado para ler no I Congresso Mundial de Bruxaria, realizado em Bogotá em 1975, não fosse uma indisposição no dia anterior – certamente devida à altitude – levá-la a pedir que alguém o lesse em seu lugar.

O ovo é promessa de vida, possibilidade de vida contida na escuridão da casca. É a vida latente atrás de uma proteção a um só tempo tão frágil e tão resistente. O ovo, há tantos séculos igual, corresponde à doação de vida não apenas das mulheres mas de todas as fêmeas. E cada fêmea tem em si o potencial para ser mãe de todas as coisas.

"A vida de uma galinha é oca... uma galinha é oca", nos disse Clarice na entrevista do MIS em que João Salgueiro, Affonso e eu a entrevistamos. E contou que sempre havia se impressionado muito com a galinha, que quando era pequena ficava olhando por um longo tempo para as galinhas e aprendera a imitá-las.

A galinha é uma fêmea que dá vida ao ovo antes de dar vida ao filhote, que dá vida à essência antes de dar vida à coisa em si.

Exatamente como Clarice dava vida às palavras, antes mesmo de alcançar com elas a essência que buscava.

"Ovo é coisa que precisa tomar cuidado", escreveu naquele conto. O mesmo cuidado a tomar com as palavras, sobretudo as palavras escritas que, como as de Clarice e iguais ao ovo, podem ocultar conteúdos preciosos.

Ser mãe das coisas equivalia a entender o conteúdo do ovo. A ser o ovo. Assim como equivalia a pegar um rato morto na mão, ou a comer a parte branca, esmagada, do interior da barata. A piedosa aceitação do lado de dentro de cada ser, a assimilação do lado de dentro, conduziria à compreensão de si. Ser mãe de todas as coisas permitiria a Clarice ser a mãe de si mesma, já que sua mãe, sempre doente, não pudera lhe dar o afeto de que tanto necessitava.

O OBJETIVO ALCANÇADO

Os textos de Clarice, assim como qualquer anotação ou como os contos deste livro, não se alcançam através da razão. A razão não dá conta de Clarice. Mas, como água na laje, o sentido de suspensão se infiltra no inconsciente do leitor, e se acasala com sua própria instabilidade entre um presente conhecido e um futuro duvidoso, entre sol e névoa. Clarice passa então a dialogar com o lado de dentro do leitor.

Quando, jovem, me apaixonei pela escrita dessa escritora sem igual, não teria sabido dizer exatamente de onde provinha meu encantamento. Não teria podido explicar cada um dos seus pensamentos ou cada uma das suas frases. Mas eles eram vívidos para mim e me comoviam intensamente. O mesmo acontece com grande parte dos seus leitores.

Não creio que Clarice tenha se dado conta, mas o acolhimento e a profunda identificação propiciados por sua escrita permitiram que alcançasse sua meta, tocar o âmago, a essência. E ao tocar a essência fez-se mãe das coisas.

— MARINA COLASANTI

Este livro, publicado em edição especial de capa dura, foi impresso com as fontes tipográficas Didot e Akzidenz Grotesk.